「助けてくださいいい……!」
留学生歓迎式典で
ナルファに試練が!?
六畳間の侵略者!? 39

「行くぞぉぉぉぉぉぉっ!!」
“早苗お姉ちゃん”
その戦いの
意味とは——?

「来いっ、早苗っ！」
"灰色の騎士"VS孝太郎

出撃する為に
前面装甲を閉じつつあった
ウォーロードⅢだが、
完全に閉じ切る前に
一人の少女が
その隙間から
滑り込んで来た。
「我も一緒に乗せて貰おう」
「キリハさん!?
どうしてこんなところに!?」
「お姫様抱っこに憧れがあったのだ」

六畳間の侵略者!? 39

健 速

HJ文庫
963

口絵・本文イラスト　ポコ

もくじ

キャラクター勢力図

笠《かさ》置《ぎ》静《しず》香《か》
孝太郎の同級生で
ころな荘の大家さん。
その身に
火竜帝アルゥナイアを宿す。

クラノ＝キリハ
想い人をついに探し当てた地底のお姫様。
明晰な頭脳によって
恋の駆け引きでも最強クラス。

地底人（大地の民）

里《さと》見《み》孝《こう》太《た》郎《ろう》
ころな荘一〇六号室の、
いちおうの借主で
主人公で青騎士。

松《まつ》平《だいら》賢《けん》治《じ》
孝太郎の親友兼悪友。
ちょっとチャラいが、
良き理解者でもある。

松《まつ》平《だいら》琴《こと》理《り》
賢治の妹だが、
兄と違い引っ込み思案な女の子。
新一年生として
吉祥春風高校にやってくる。

孝太郎の幼なじみ

ころな荘の住人
藍華《あいか》真希《まき》
元・ダークネスレインボゥの
悪の魔法少女。
今では孝太郎と心を通わせた
サトミ騎士団の忠臣。
幽霊状態
魔法少女
（フォルサリア魔法王国）
虹野《にじの》ゆりか
愛と勇気の
魔法少女レインボーゆりか。
ぽんこつだが、決めるときは決める
魔法少女に成長。
東本願《ひがしほんがん》早苗《さなえ》
孝太郎に憑りついていた幽霊の女の子。
今は本体に戻って元気いっぱい。
幽霊少女
ティアミリス・
グレ・
フォルトーゼ
青騎士の主人にして、
銀河皇国のお姫様。
皇女の風格が漂ってきたが、
喧嘩っ早いのは相変わらず。
ルースカニア・ナイ・
パルドムシーハ
ティアの付き人で世話係。
憧れのおやかたさまに
仕えられて大満足。
クラリオーサ・
ダオラ・
フォルトーゼ
二千年前のフォルトーゼを
孝太郎と生き抜いた相棒。
皇女としても技術者としても
成長中。
アライア姫
ナルファ・
ラウレーン
正式にフォルトーゼからやってきた留学生。
孝太郎達とは不思議な縁があるようで……？
桜庭《さくらば》晴海《はるみ》
二千年の刻を超えた
アライア姫の生まれ変わり。
大好きな人と普通に暮らせる今が
とても大事。
宇宙人（神聖フォルトーゼ銀河皇国）

並行世界ではいったい!?

ころな荘
一〇六号室

ROOM No.106
CORONA-SOU

ナルファの試練　八月三十一日(水)

釣《つ》りという趣味《しゅみ》も、なかなかどうして道具の手入れが欠かせない。特に海釣《うみづ》り用の道具は海水に浸《つ》かるので錆《さ》び易《やす》い。だから孝太郎《こうたろう》は出来るだけ暇《ひま》を作って、手入れをするようにしていた。野球の道具もしばしば手入れをするので、孝太郎が趣味の道具を手入れしている様子は一〇六号室では珍《めずら》しい事ではない。だがフォルトーゼの人間は地球の遊びやその道具には興味があるし、孝太郎――青騎士《あおきし》の趣味ともなれば絶対に知りたい情報だ。動画撮影《さつえい》が趣味のナルファの場合、絶対にカメラを回すような出来事だろう。だが今の彼女《かのじょ》は動画の撮影どころではなかった。彼女はいつになく真剣《しんけん》な表情で、孝太郎に向かってノートを差し出している。そこには彼女の丁寧《ていねい》な文字がびっしりと書《か》き込《こ》まれていた。

「コータロー様、皇女殿下《でんか》の称号《しょうごう》の綴《つづ》りってこれで大丈夫《だいじょうぶ》ですかっ⁉」

「どれどれ……ティアミリス・グレ……クラリオーサ・ダオラ……大丈夫、間違《まちが》ってないよ。というか、スピーチなんだから綴りなんて間違ってても誰《だれ》も気付かないいんじゃないかい？」

　孝太郎はナルファが差し出してきたノートを一瞥《いちべつ》して小さく笑うと、すぐに自分の作業に戻《もど》った。孝太郎は一度分解して掃除《そうじ》をした海釣り用のリールを再び組み立てる作業の最中だ。その作業には迷いはなく、孝太郎はちゃぶ台の上に並べられたパーツを手際《てぎわ》よく組み立て、必要に応じて注油していく。何度もやってきた事なので、慣れたものだった。

「簡単に仰《おっしゃ》いますけれどねえっ、スピーチなんて生まれて初めてなんですよぅっ」

「でもカメラの前じゃ、いつも上手に喋《しゃべ》ってるじゃないか」

「あれは私に注目されてる訳じゃありませんからっ」

　ナルファが頭を抱《かか》えていたのは、彼女が行うスピーチについてだった。数日後には二学期が始まるので、間もなく留学生の第二陣《じん》が到着《とうちゃく》する。その歓迎《かんげい》式典の時に、第一陣の留学生を代表して、ナルファが歓迎のスピーチを行う事になった。しかしそれはナルファにとっては青天《せいてん》の霹靂《へきれき》だ。ナルファはまさか自分が表舞台《おもてぶたい》に立つ事になるとは夢にも思っていなかったのだ。

「ナルファさんに注目してる人は多いと思うけどなぁ」

「コータロー様の存在感が守ってくれてるんですよぅ」

「ナルファさんは自己評価が低過ぎるよ。君は良い子だし素敵《すてき》な子だから、きっとみんなの評価は高いさ」

「そういう意地悪言わないで、助けて下さいよぅ」

「今日のナルファさんはなんというか、ゆりかみたいだな……」

　孝太郎は自分の作業の手を休め、改めてナルファの様子を眺《なが》める。ナルファはノートを握《にぎ》り締《し》め、うるうると目に涙《なみだ》をいっぱいに溜《た》めて孝太郎を見つめている。そんなナルファの姿は、追い詰《つ》められた時のゆりかにそっくりだった。

「せめて隣《となり》に立っていて下さるだけでも！」

「……それに何の意味があるんだい？」

「私が救われますぅ！」

　ナルファが困っているのは、自分に注目が集まるという点だった。ナルファは撮影側でいるのが好きだったし、出演する場合でもメインは孝太郎や日本の文化等であって、彼女はあくまで脇役《わきやく》。彼女自身がメインになった事など一度もなかった。だがスピーチは違《ちが》う。ナルファが自分の体験や考えを話さねばならず、それはつまり彼女自身がメインになるという事だ。ナルファにとっては初めての体験であり、大きな課題だった。

「難しく考えなくて良いんだよ、思った通りに話せば」

「うぅ………ちなみにコータロー様はこういう時にはどうしたんですか？」

「俺《おれ》はホラ、どちらかというと政治や戦争絡《がら》みのスピーチが多かったから、クランとかキリハさんが書いてくれてた。間違いがあると困るだろう？」

「でもコータロー様の気持ちは反映されていたんですよね？」

「うん。俺と話し合った内容を、誤解を起こさないように書いてくれてる感じだった。頼《たの》んでみるかい？」

「止めておきます。ただでさえお忙《いそが》しそうだし………それにこんな事で殿下やキリハ様の頭脳を無駄遣《むだづか》いさせたくありません」

「………そういうところだよ」

「えっ、何がですか？」

「君が良い子だってところ。なんだかんだでちゃんとやる気にはなってる」

「それは………やらないと色んな人が困りますから………」

「大丈夫だよ、そういう風に考えられる人は」

　正直なところ孝太郎は心配していなかった。ナルファは困っている様子だったが、前向きな姿勢で頑張《がんば》っている。それこそゆりかならもう少し孝太郎にしがみついて助けを乞《こ》いそうな局面だが、ナルファは自分でやろうとしていた。だから孝太郎は、仮にナルファのスピーチが失敗に終わったとしても、そう酷《ひど》い結果にはならないだろうと考えていた。

「そう言うからには、駄目《だめ》だった時には責任を取って下さいね？」

「はいはい」

「あっ、真面目《まじめ》に聞いておられませんね？」

「分かる？」

「もー！」

ナルファは腰《こし》に手を当て、軽く頰《ほお》を膨《ふく》らませる。この時の彼女の仕草は、どちらかというと怒《おこ》った時の静香《しずか》や晴海《はるみ》がやりそうなものだった。

――――少し前までは頼《たよ》りない印象だったが……最近のナルファさんは不思議とそうじゃなくなってきてるよな……。

つい数ヶ月前、出会ったばかりの頃《ころ》のナルファは危なっかしい少女だった。箱入りで育ったからしいのだが、何もないところで転んだり、道の側溝《そっこう》に落ちそうになったりと、少しでも目を離《はな》すと危険だった。また常に遠慮《えんりょ》がちで、自分から何らかの行動を起こそうとはしていなかった。しかし今の彼女は違う。この数ヶ月で急激な変化を起こし、危なっかしさが大きく減り、自分から行動するようにもなっていた。

――――だが……この感じならフォルトーゼにいた頃に、危なっかしさや受け身の姿勢が消えていてもよかったろうにな…………？

　孝太郎はそんな事を考えながらナルファの顔をまじまじと見つめていた。この数ヶ月でしっかりするなら、フォルトーゼに居た頃に既《すで》にしっかりした子になっていたのではないだろうか？　孝太郎はそこが少しだけ疑問だった。だがそんなに深く考えていた訳でもないし、特に問題がある訳でもない。孝太郎はこの事を別段重要視していなかった。

　——まあ、単純によく知らない世界に放《ほう》り込まれて、動揺《どうよう》していただけだったんだろう。何しろ別の惑星《わくせい》な訳だからなぁ………。

　ナルファには元々危なっかしい傾向《けいこう》はあったのかもしれない。遠慮がちでもあったのだろう。だがそれが知らない惑星にやって来た事で、極端《きょくたん》に大きく増幅《ぞうふく》されていたのではないか、孝太郎はそんな風に考えていた。実際それらの傾向は今も完全にゼロになっている訳ではない。だから孝太郎は、成長というよりはナルファが環境《かんきょう》に慣れて、本来の彼女が表に出て来たと考える方が自然ではないかと思っていた。

「どうしました、コータロー様？」

　ナルファが軽く首を傾《かし》げる。彼女は孝太郎がじっと自分を見ている事を、不思議に思ったのだ。

「ああ、いや、ナルファさんが………」

少し前は危なっかしくて受け身で頼りなかったなぁと思った――そう言ってしまう訳にはいかず、孝太郎はほんの僅《わず》かな間、考える。女の子には決して触《ふ》れてはいけない起爆《きばく》ボタンがある。この数年でそれを学習した孝太郎だった。

「私が？」

「そ、そうだ、その髪《かみ》の色ってどうなってるのかなーって」

孝太郎はたまたま目に留《と》まった、ナルファの髪に注目した。彼女の髪は透明《とうめい》感があり、よく見ると虹色《にじいろ》に光っている。以前から気になっていた事だが、この時は話題を逸《そ》らすのに丁度良かった。

「これですか？　生まれつきみたいです」

ナルファはその長い髪を手に取り、にっこりと笑う。彼女も女の子。髪の手入れは欠かした事がない。そこに孝太郎が注目してくれた事は少なからず嬉《うれ》しかった。

「生まれつきなら問題なさそうだな」

「えっ？」

「真面目な集まりや式典の時には、髪を染めていたりすると先生達《たち》が気にする場合があるんだよ」

「ああ、確かに。フォルトーゼでもそういうのあります。フォーマルな場では、鳥のトサカみたいな髪型《かみがた》とかは嫌《きら》われます」

「でもナルファさんは生まれつきだし、髪型はまともだから、特に問題はなさそうだ」

「言われてみれば……そういう心配も必要でしたね。完全に失念していました」

ナルファは髪を弄《いじ》りながら再び笑う。彼女はスピーチで手一杯《ていっぱい》になっており、式典当日の服装や髪型については全く考えていなかった。そんな様子から、孝太郎の視線は自然と彼女の髪へ向けられた。

「それにしても、珍しい色だな」

「そうですか？　私は見慣れているので何とも」

「てっきりそういう色にする技術があるのかと思っていたよ」

「ありますよ。みんな好き勝手に色を変えてます。こういう感じで……」

ナルファは持っていたスマートフォンを操作してフォルトーゼにいる友人達の写真を呼び出す。ナルファのスマホは地球製だが、家族や友達の写真はちゃんとデータを移して持ってきていた。そして彼女は孝太郎の方にスマホの画面を向けようとした、のだが。

「どれどれ……ホー」

その瞬間《しゅんかん》、ナルファの目が限界まで見開かれ、まんまるになった。孝太郎はナルファがスマホの画面を見せてくれるのを待たず、九人の少女達がスマホを見せてくれる時のように、ナルファと顔を寄せ合うような格好でその画面を覗《のぞ》き込んでいた。

――ち、ちかい！　ちかいちかい！　ちかすぎますっ！

だがそれはナルファにとってはかなり衝撃的《しょうげきてき》な行為《こうい》だった。ずっと箱入りで育ってきた彼女なので、兄以外の男性とこの距離《きょり》で接した事など経験がなかった。またそうでなくても相手は孝太郎。フォルトーゼ人としても一人の女の子としても、動揺せずにはいられない状況《じょうきょう》だった。

「………って、きゃあああぁぁぁぁぁぁぁっ!?」

反射的に身を退いたナルファだったが、そのせいで身体のバランスを崩《くず》した。畳に座《すわ》っている状態なので、手を突《つ》いて身体を支えれば良いのだが、手に持っていたスマホがいけなかった。どうしようかと逡巡《しゅんじゅん》してしまった彼女は、身体を支える事が出来ずにそのまま仰向《あおむ》けに倒《たお》れていった。

「ナルファさん!!」

孝太郎は宙を泳いだナルファの肩《かた》を反射的に掴《つか》み、自分の方に引っぱった。そのまま倒れたらナルファが頭を打ちそうに思えたのだ。それは畳の上であっても、あまり見たくはない光景だった。

とんっ

ナルファの身体はすぐに孝太郎の身体にぶつかって止まった。それは丁度、孝太郎がナルファを抱《だ》き寄せたかのようだった。

「大丈夫かい?」

「……お、お手数を、おかけ、しました……」

結果的に孝太郎とナルファの距離は更《さら》に近くなった。孝太郎は単純に安堵《あんど》していたが、ナルファはより大きな衝撃《しょうげき》を受けていた。彼女の表情は強張《こわば》り、声は緊張《きんちょう》している。ナルファは孝太郎が苦手な訳ではない。どちらかというとその逆だから生じた衝撃だった。

――前言撤回《てっかい》。ナルファさんはまだまだ危なっかしい……。

孝太郎は意図せず、女の子に対する行動が大胆《だいたん》になりつつあった。長く続いている九人の少女達との暮らしの影響《えいきょう》で、孝太郎の行動が変化しているのだ。それが少しずつ九人の少女達以外の人々にも影響を与《あた》え始めている。だが孝太郎はまだその事に気付いていない。今もそうで、孝太郎は両腕《りょううで》の中のナルファの動揺に気付かず、暢気《のんき》な事を考えていた。

それからしばらくの間、ナルファの苦悩《くのう》の時間が続いた。彼女にとっての孝太郎は、数分前までは『伝説の英雄《えいゆう》』と『近所のお兄さん』を合わせたような存在だった。それはフォルトーゼ人としての感情と、琴理《ことり》の友達としての関係性から来る自然な感覚だっただろう。だが今はそうではない。数分前に『同年代の男の子』という見方がそこに加わった。それがナルファの胸の奥《おく》の部分を激しく揺《ゆ》さぶっていた。

――――わ、私はどうしたら……相手は伝説の英雄で……皇女殿下や皆《みな》さんの大好きな人で……。

実はナルファもしばらく前から、孝太郎へのぼんやりとした想《おも》いが自身の胸に宿りつつある事を自覚しつつあった。だが孝太郎の肩書《かたが》きと皇女達との関係を見せられると、余計な事はしない方が良いんだろうなという考えが湧《わ》き出し、その想いにフタをしてしまっていた。しかし今、その固く閉じられていた筈《はず》のフタが開きつつある。軽く指をかけてやればあっさりと開きそうなくらいに。そしてそれが可能になってしまったという事が、ナルファの苦悩そのものだった。つまり自分はどうしたいのか、という事が問題となっていたのだ。

「よぉし、出来た！　次は、っと………」

問題の孝太郎は悩《なや》み続けるナルファに気付かずに――――気付かれてもそれはそれで別の問題が生じる訳なのだが――――釣りの道具の手入れを続けている。今はリールの掃除が終わり、ルアーの補修作業に移ったところ。ルアーの表面にあるヒビをパテで埋《う》めたり、塗《と》装《そう》を直したり、針先の鋭《するど》さが鈍《にぶ》った針を交換《こうかん》したり。細かい作業を実に楽しそうにやっていた。

――ああ、この楽しそうな笑顔《えがお》が今だけは憎《にく》らしいっ！　もおぉぉぉっ！

少し前まで気にならなかった二人きりの六畳間。だが男の子としての孝太郎を意識した瞬間から、ナルファはこの場所で落ち着く事が出来なくなってしまった。表面的には何も変わっていないというのに。実際、孝太郎は何も変わらずにいつも通りに振《ふ》る舞《ま》っている。だからナルファは自分だけ調子がおかしくなっているのを不公平だと感じていた。そして気持ちが孝太郎に向いていたおかげで、彼女は当初の悩み――式典で行うスピーチについて――を忘れる事が出来ていたのだが、その事には気付いていない様子だった。

「ただいま戻った」

「ただいま帰りました」

「んー、おかえりー」

「………おかえりなさいませ、ティアミリス殿下、ルース様………」

そんな悩めるナルファを救ったのは帰宅したティアとルースだった。それを幸いと言って良いのかはナルファにも分からないのだが、今の時点に限れば彼女の悩みは一〇六号室の人数が増えると一時的に消滅《しょうめつ》する。自然と、孝太郎の意識はティアとルースに向くので、ナルファはホッと安堵の息をつく事が出来たのだった。

「コータローや」

「ん？」

「よっと」

ティアは六畳間に入ってくると軽い足取りで孝太郎の隣にやってくる。そうして孝太郎の太ももに頭を乗せるようにして寝転《ねころ》がった。孝太郎はティアがそうする事自体には文句はなかったが、少しだけ懸念《けねん》があった。

「おい、今はそこにいると危ないぞ。パテとか接着剤《せっちゃくざい》とか使ってるから、顔や髪に付いたりすると大変だぞ」

孝太郎は釣り道具《どうぐ》の補修中だ。その為《ため》の道具には有機溶剤《ようざい》を含《ふく》むものも多く、顔や髪に付いたら大変だ。肌《はだ》が荒《あ》れてしまったり、髪の色が変わってしまったり、髪と髪をくっつけてしまったりと様々な事が起こる。そして現在のティアの居場所は孝太郎の膝《ひざ》の上。補修中にそれらがはねてティアに降り注ぐ可能性は大いにあった。

「構わぬ。気にせず続けるが良い」

だが当のティアはどうでも良いと言わんばかりに微笑《ほほえ》んでいた。孝太郎を見上げる笑顔はいつになく穏《おだ》やかだ。細められた目にはとても優《やさ》しげな光が宿っている。ずっと見ているると吸《す》い込まれそうだったので、孝太郎は慌《あわ》てて目をそらした。

「…………式典が近いんだから、多少は気を遣《つか》った方が良いんじゃないか?」

「青騎士《あおきし》の釣りの道具の手入れを眺めていたら、接着剤が付いた…………いかにも国民が喜びそうな話題じゃ。問題ない」

「あのなあ、仮にも女の子なんだから――――」

「共に生きるというのは、そういう事を許容するという事じゃ。それに、どれだけ汚《よご》れてもそなたはわらわを愛してくれる」

ティアは昨日の孝太郎とエルファリアのやり取りを見た時からずっと機嫌《きげん》が良く、いつも優しげに微笑んでいた。

『おっほっほっほ、この美しい義理の母に頼み事《ごと》ですかレイオス様』

『まだティアとは結婚《けっこん》してないぞ!』

あの時の孝太郎の言葉は、今は駄目だがいずれティアと結婚するという解釈《かいしゃく》が出来る。だからティアはずっと上機嫌《じょうきげん》だった。もちろん孝太郎はそういう意味で言った訳ではないと否定する事が出来る。だが本当にそう言ってしまって良いのかというと、それも違うのだ。結婚出来るかどうかというだけの話なら、ずっと前の時点でティアはそのラインを越《こ》えている。結婚する気はないという言葉は既に現状と合わない。結果的に、孝太郎が真面目であるが故《ゆえ》に、肯定《こうてい》も否定も出来なくなってしまっていたのだ。

「………」

「ふふ……」

ちゃぶ台でお菓子《かし》を用意しながらルースもティアと同じように微笑んでいた。彼女は孝太郎の『まだ』はティアだけに向けられたものではない事に気付いているのだ。もしティアだけに向けられたものであるのなら、悩む事などないからだ。幸せにしたい相手が他にもいるが、そこから一人だけを選ばねばならないからこそ、孝太郎は沈黙《ちんもく》するよりない。つまり『まだ』は九人全員に向けられたものであるのだった。

「……あ、あのなあ、俺が、お前の顔を、綺麗《きれい》なままにしておきたいんだよ」

そんな訳で、この辺りが今の孝太郎に言える限界だった。ちなみにこの時も孝太郎はティアから目をそらしたままでいた。二年前と比べると精神的に大きく成長した孝太郎だったが、流石《さすが》にこうした言葉を女の子に真正面から言う勇気はなかった。

「んふふ、その理由であれば致《いた》し方《かた》ない」

ティアも孝太郎の事情は分かっている。また自分達が真面目な孝太郎にちょっと無茶《むちゃ》な事を要求しているという事も。それに楽しい方が良いし、追い詰めたい訳でもない。だからティアは軽く勢いを付けて起き上がると、そのまま孝太郎の横に座り直した。

「それで、補修が終わっておらんのはどれじゃ？」

「うん？」

「手伝ってやろうというのじゃ。それなら文句はなかろう？」

「それなら……この金と赤の奴《やつ》だな」

「ふむ、ここのヒビを塞《ふさ》いで、その上を赤く塗《ぬ》れば良いのじゃろか？」

「そういう事だ」

「任せておくが良い。こう見えて手先は器用じゃ」

「お前がイライラする前に終わればそうだな」

「よく分かっておるではないか。んふふ、マスティル家は安泰《あんたい》じゃ」

「…………」

「ふふ…………」

孝太郎とティアのやり取りを楽しそうに眺めていたルース。その可憐《かれん》な唇《くちびる》から再び笑い声が零《こぼ》れる。こうして気持ちの深いところが繋《つな》がり合った二人に別れの時など来る筈がない。だからティアが言う通りマスティル家は安泰だろう。そしてルースにも孝太郎と気持ちが繋がっていると感じられる瞬間がしばしばあるから、パルドムシーハ家も安泰——

ルースはそれを改めて確信したのだった。

留学生達《たち》の到着を目前に控《ひか》えているので、ティアとルースは忙しかった。それは殆《ほとん》ど一〇六号室に帰れない程《ほど》だ。そんな二人が早めの時間に帰宅したのには訳があった。それは今後の出来事に関《かか》わる重大な手続きが必要だったからだ。そんな訳で孝太郎の釣り道具の補修とナルファのスピーチ原稿《げんこう》の作業がひと段落したところで、孝太郎達はその手続きの作業へ移った。

「これ全部日本語で書いちゃってる訳だけど、お前達の方はこれで平気なのか？」

「うむ、大丈夫じゃ。書類の一番下の所に『この情報をフォルトーゼ政府と共有して宜《よろ》しいですか？』って書いてあるじゃろ？」

「どれどれ………ああ、これか」

「その質問の『はい』の方へ印を付けると、この書類の情報がそのままこちらにきて自動的に翻訳《ほんやく》されて入国審査《しんさ》に回る仕組みになっておる」

「その辺は上手《うま》くやってんのな」

孝太郎達は式典が終わったらフォルトーゼへ向かう事になっている。理由はもちろんラルグウィン一派を追う為だ。その為に必要な書類を書いていたのだ。前回フォルトーゼへ向かった時は国交がない状態で、しかも日本側がフォルトーゼの存在を認識《にんしき》していなかった。だが今回は違う。きちんと国交が樹立しているので、法律に準じた手続きが必要になる。しかも単なる出国ではなく、別の銀河にある惑星だ。トラブルが起きた際の免責事項《めんせきじこう》に始まって、多数の特別な手続きが必要になる。いずれは整理されて使い易くなっていくだろうが、今はまだ初動の時期。何十枚にも及《およ》ぶ書類に必要事項《じこう》を書き込んでいかなければならなかった。

「ナルファさんもこっち来る時にこういうの書いたのかい？」

「………………」

「ナルファさん？」

「え？　あ、はっ、はいっ！　私ですか⁉」

「うん。ナルファさんもこっち来る時にこういうの書いたのかなって」

「はいっ。えと、コンピューターに、入力していく感じでしたけど」

「ふむ………………」

未《いま》だ完全には動揺が収まっていないナルファを、キリハが興味深そうに見つめていた。

それは半分はナルファの胸の内を感じ取ってのものであり、残る半分は別の事についての思索《しさく》を巡《めぐ》らせてのものだった。

――――やはりナルファは我々と何か関係があるのだろうか………？

未だ開封《かいふう》されていない過去の自分からの手紙。以前襲《おそ》われた時にナルファが発した謎《なぞ》の力。この状況で彼女が孝太郎との関係を深めているとなると、キリハにはそこに何かの要素が絡《から》んでいるのではないかと思えてならなかった。

――――だが、そこにナルファ当人の作為《さくい》は感じられない………あくまで外からの影響なのか……いや、結論は早い。今しばらくの観察が必要だ………。

キリハは胸の中で方針を決めると、一旦《いったん》頭の中からこの問題を追い出す。別の興味深い問題が目の前で始まろうとしていたからだった。

「いけー、晴海ー！　そこだー！」

「そ、そう言われても心の準備というものがっ！」

「そんなもんいらーん！　ともかくいってから考えるのです！」

『桜庭先輩《さくらばせんぱい》、「早苗《さなえ》ちゃん」の無茶な要求に従う事なんてないですよ』

「でも、ここで諦《あきら》めたらずっとこのままのような気がしてっ！」

孝太郎の背後で、晴海と三人の早苗が何かをやっていた。『早苗ちゃん』と『お姉ちゃん』

が晴海をけしかけ、逆に『早苗さん』がそんな事をしなくても良いと宥《なだ》めている。当の晴海はというと、内在する複数の感情がぶつかり合い、長い葛藤《かっとう》が続いていた。軽く前に出した手の指がワキワキと動き、いつになく大きく目は見開かれ、緊張しているのか呼吸が荒《あら》い。晴海にしては珍しい状態だった。

「……キリハさん、俺の後ろで何が起こってるんだ？」

孝太郎は後ろで四人が何かしている事は分かっていたのだが、晴海が何かに挑戦《ちょうせん》中なのが何となく分かっていたので、感情の機微《きび》に通じたキリハに尋《たず》ねた格好だった。

「簡単に言うと、晴海が新しいスタイルの表現に挑戦している。しばらく待ってやって欲《ほ》しい」

「新しい表現………なんだかよく分からないが………」

キリハの返答からすると、大した事ではなさそうだが、晴海にとってはそれなりに意味がありそうだった。そこで孝太郎は特に何もせず、自分の作業に戻った。書類への記入はまだ続いていた。

「………あたしんとこの晴海も奥手《おくて》だったけど、ここの晴海も大概《たいがい》だわ」

『そりゃそうだよ、同じ桜庭先輩なんだから』

「よし、ターゲットは動きを止めた！　ここが攻め時《せ》だ晴海！」

「攻め時、攻め時、今がチャンス！　えーいっ！」

ようやく覚悟《かくご》を決めた晴海はそのまま腕《うで》を前に突《つ》き出した。

もみもみ
そうして晴海は孝太郎の肩を揉《も》みだした。ワキワキと動いていた指は、肩を揉む動きだったのだ。

「よくやった晴海上等兵！」

「ねえ『お姉ちゃん』あたしも階級を上げて欲しいんだけど」

「諦めろ二等兵」

「あいあい」

『いつから階級システムが導入されたんだろう………』

三人の早苗達《たち》は呑気《のんき》なお喋りをしていたが、当の晴海はそれどころではなかった。晴海には孝太郎がどう反応するかが不安だった。指の力は強過ぎないか、それとも弱過ぎないか。ペースは早くないか、凝《こ》っている場所はどこか。そもそも晴海に肩を揉まれても嬉《うれ》しくないのではないか――――人の気持ちを思いやる事が出来る晴海だからこそ、多くの不安を抱えていた。肩を揉むという行為に踏《ふ》ん切りが付かなかったのも同じ理由だった。

「桜庭先輩」

「ひゃいっ！」

孝太郎の呼び掛《か》けに対する晴海の答えは上擦《うわず》っていた。

――里見《さとみ》君は何を……痛いのか、弱いのか、そもそも不要なのか……私にやられても嬉しくなかったりとか……あぁ、一体何を言われるんだろう！

晴海は自分に自信がない訳ではないのだが、どうしても一番大好きな相手に対しては強気ではいられない。健康を取り戻して積極性を身に付けつつある今でも、そこだけは変わっていなかった。

「後で俺にも桜庭先輩の肩を揉ませて下さい。俺も肩揉《かたも》みにはちょっと自信がありますから」

奥手の晴海なので、一大決心をして肩を揉んでくれているという事は、幾《いく》ら女心に疎《うと》い孝太郎であっても流石に分かっている。そしてそれがどんな感情によるものなのかも。今の段階ではその感情に直接応《こた》えてやる事は出来なかったが、今示されているものと同じくらいは返してやる必要があった。いつも早苗やティアに、やっているように。

「あ……えと、はい……」

孝太郎の答えは晴海のどの予想とも違っていた。特に文句は無い。お礼がしたい。それくらい満足である――孝太郎の答えは大まかにそういう意味だ。晴海は悪い方ばかりを

考えてそんな答えを予想していなかったので、拍子抜《ひょうしぬ》けしていた。

「おっ、何か急に指の力が元気になりましたね」

「全部分かってて意地悪言ってるでしょう、里見君っ」

「はい」

「最近みんなから不満が出ていますよ、そういうところ」

「そうなんですか?」

「はい。照れなくていいのにって」

「……そ、そこはその、年頃《としごろ》の男子の都合と申しますか………」

「許しません」

「頼みますよ桜庭先輩っ」

徐々《じょじょ》に晴海の調子が普段《ふだん》のそれに近付いていく。本当はこんな事は自然に出来なきゃ駄目だ、本当に世話のかかる―――三人の早苗達はそんな事を思いながら無言で顔を見合わせた。実は早苗達は、孝太郎との距離を詰めたいという晴海の依頼《いらい》で動いていた。孝太郎と戯《たわむ》れるティアやナルファの様子を見て、晴海は自分も頑張ろうと決心したのだ。ともかく三人の緊急《きんきゅう》ミッションはこれにて完了《かんりょう》だった。

　初めの頃はみんなが早いペースで書類に記入していたのだが、時間が経《た》つにつれてそのペースは遅《おそ》くなっていく。単調な作業なのでそれも仕方のない事だろう。最初に作業を投げ出したのはゆりかだった。

「……………もう嫌《いや》ですぅ……………フォルトーゼに行けなくても良いですぅ……………」

　ゆりかはペンと書類を投げ出すと、ちゃぶ台の上にぱったりと倒れた。精根《せいこん》尽き果てたといった雰囲気《ふんいき》だった。

「頑張れよゆりか。お前一人だけ留守番なんて、魔法《まほう》少女の危機だぞ」

「だってだって～、私の分だけ書類が多いじゃないですかぁ～～」

　これはゆりかが言う通りで、書類が一番多いのがゆりかだった。出国に関してフォルサリアに提出する書類と、日本に提出する書類が二種類存在していたのだ。この点に関しては流石に彼女を責めるのは酷《こく》だった。

「それは藍華《あいか》さんも同じだろ」

「真希《まき》ちゃんみたいにテキパキ出来ませんよぅ」

「嫌でもやらないと、本当に置いて行かれてしまうわよ、ゆりか」

「それも嫌ですぅ……」

　実はゆりかと同じ作業量の真希だが、彼女は書類を読んで理解するのが早いので、少し前に自身の作業は終えていた。今は混乱している面々の手伝いに回っている。こんな時でも優等生の真希だった。

「そなたらの国籍《こくせき》をフォルトーゼに変更《へんこう》してしまえば、この手間は省けるのじゃが」

　逆に一番暇だったのがティアだ。彼女は手続きレベルでは外交官と同じような扱《あつか》いなので、既にこの手の手続きは済んでいる。彼女には好きな時に好きなだけ、地球とフォルトーゼを往復する権利があった。

「そういう大事な事は勢いで決めたら駄目だろ」

　孝太郎が首を横に振《ふ》る。ティアの言葉は正しかったが、国籍変更《こくせきへんこう》はとても繊細《せんさい》な問題を含んでいる。孝太郎が言うように、めんどくさいからという理由は使うべきではないだろう。そこはティアの方も分かっているので、彼女は大きく頷《うなず》いた。

「まあ、そうじゃな。という訳で我慢《がまん》して書類を書くがよい」

「それでも私は変えたいですぅ」

「馬鹿者《ばかもの》」

　ゴンッ

「あうぅぅぅ」

ゆりかもこれ以上抵抗《ていこう》しても被害《ひがい》が増えるだけで無意味だと分かっている。半泣きのまま起き上がると、渋々《しぶしぶ》ペンを取った。そんな孝太郎とゆりかのやり取りを楽しそうに見守っていた静香は、ここである事を思い出した。

「そうだ……ねぇ里見君、里見君ってフォルトーゼの法律は全部無視できるんじゃなかったっけ？　アライア姫《ひめ》が決めたなんたらで」

静香が思い出したのは孝太郎――青騎士《あおきし》の権利についてだった。青騎士の身分と権利については、法律ではなく憲法の方に不可侵《ふかしん》の特例として記されている。特例は全《すべ》ての法律に優越《ゆうえつ》するので、実のところフォルトーゼ側では手続きは要《い》らない筈だった。

「出来ますけど、非常時だけにしておかないと沢山《たくさん》の人達に迷惑《めいわく》がかかりますから」

「あー、そうか、そうなっちゃうわよね」

「それに結局は日本側での手続きが要りますから」

「ふーん、大人なのね、里見君は」

「大家さんには敵《かな》いませんよ」

「あら、お上手。うふふ……」

これ以上は特に問題は起こらず順調に作業が進んだ。孝太郎達にこうした手続きが必要なのは、ラルグウィン一派を追う為に必要だからだ。幸運だったのは、孝太郎達に若干《じゃっかん》の時間的な余裕《よゆう》があった事だ。それもあって正しい手続きを踏む事が出来ているのだ。本当の緊急事態ならそれこそ手続きを事後承認《しょうにん》で飛ばしてとっくにフォルトーゼへ向かっていた事だろう。

ラルグウィン一派を取り逃《に》がした事自体は問題だが、フォルトーゼ側で彼《かれ》らが活動を開始する為にはかなりの時間を要する。ラルグウィン一派は地球で孤立《こりつ》していたのでフォルトーゼの状況は分からず、残存する味方との合流も簡単ではないのだ。また新たに拠点《きょてん》を構え、魔法や霊子力《れいしりょく》技術の生産施設《しせつ》を稼働《かどう》させる事にもかなりの時間が必要になる。

ただし警戒《けいかい》しなければならないのは、早い時期であっても単発のテロが起こる可能性は拭《ぬぐ》えないという事だ。だが状況の把握《はあく》が甘《あま》いうちにラルグウィン一派が動き出すとは考えにくい。安易な行動で尻尾《しっぽ》を掴まれては本末転倒《ほんまつてんとう》だからだ。ラルグウィンの性格からすると、慎重《しんちょう》に大掛《おおが》かりな攻撃《こうげき》の準備をする筈だった。

こうした若干の時間的余裕を利用して、孝太郎達は目立たないようにフォルトーゼへ行こうとしている。バタバタと慌ただしく地球を出ては、事件が起こっていますよと内外に示すに等しい。急ぎたい気持ちを抑《おさ》えて正規の手続きを踏む方が、全体としては正解というのが現在の状況だった。

　厳密に言えばもう一つ、孝太郎達が急がない理由があった。ラルグウィン一派は全員が宇宙戦艦《せんかん》に乗って姿を消したと思われるが、キリハはそこに疑問を持った。果たして本当に全軍がフォルトーゼへ向かったのだろうか？　主力は全て移動したのかもしれないが、もしかしたら枝葉の部隊が地球へ残って、時期を見計らって行動を起こすのではないだろうか――――それがキリハの疑問だった。そこで孝太郎達は留学生達と一緒《いっしょ》に来る皇国軍の増援《ぞうえん》と、フォルサリアや大地の民の戦闘《せんとう》部隊が地上へ移動するのを待った。慌てて移動して防御《ぼうぎょ》に穴があくのを避《さ》ける為だった。

　こうして孝太郎達は万全《ばんぜん》の準備でフォルトーゼへ向かおうとしている。彼らが出発前にやる最後の仕事は、新しい留学生達の歓迎《かんげい》式典の警備になる予定だった。

それぞれの暗躍　八月二十七日(土)

不幸にして、キリハの予想は正しかった。地球には確かにラルグウィン一派の戦力が残っていた。だがそれは枝葉の戦力ではなく、間違《まちが》いなく主力の戦力だった。地球に残っていたのは灰色の騎士《きし》。ラルグウィン一派の中では一番手強《てごわ》い相手だった。

「さて、問題はここからだ……」

灰色の騎士一人であれば、軌道《きどう》上から地球へ降りるのは決して難しい事ではない。隕石《いんせき》やスペースデブリに紛《まぎ》れて落下し、それらが燃《も》え尽《つ》きてからは混沌《こんとん》の力で身を隠《かく》す。孝太郎《こうたろう》達の近くに降りるような愚《ぐ》を犯《おか》さねば、誰《だれ》にも見付かる心配はない。そんな訳で灰色の騎士は吉祥春風《きつしようはるかぜ》市から遠く離《はな》れた山中に難なく降り立った。

「……シグナルティンは九色の光を宿しているのに、何故《なぜ》シグナルティンの姿のままであるのか……その謎が解けない限り、何も進められん……」

灰色の騎士は忌々《いまいま》しそうに舌打ちした。彼がラルグウィン一派と一緒にフォルトーゼへ行かなかったのは、シグナルティンに疑問があったからだ。いかに優《すぐ》れた頭脳を持つキリハであっても、流石にこの理由は想像出来なくて当たり前だろう。

シグナルティンは宿す光の数が増えれば能力が増大し、それに合わせて形態が変化していく。だから宿す光が九色ともなれば、大きく形が変わっている筈なのだ。だが九色の光を宿してなお、シグナルティンはシグナルティンの姿を維持《いじ》している。そして灰色の騎士の目的を達するには、その理由を明らかにする必要があった。

「……しばらくは大人しく観察するか……中途半端《ちゅうとはんぱ》な状態の王権の剣《けん》と事を構えるのだけは避けねばならん……」

完全な状態の真なる王権の剣を引き摺《ず》り出さねば、目的は達せられない。だから現時点で戦いが起これればかえって手詰《てづ》まりになる可能性がある。それに考えたくはないが、この世界に真なる王権の剣が存在していない可能性さえある。厳密には並行世界への移動技術は完成したとは言い難《にく》い状態だ。似て非なる世界へやってきてしまった可能性も捨て切れないのだった。

「……やれやれ、厄介《やっかい》な事になったものだ……」

灰色の騎士はそうぼやきながら吉祥春風《きっしょうはるかぜ》市へ向かう。彼の灰色の鎧《よろい》とマントは夜の闇《やみ》とも相性《あいしょう》がいい。その姿は程なく夜の闇と木々の陰《かげ》に消えていった。

旧ヴァンダリオン派のクーデター以降、セイレーシュはエルファリアのアシスタントや秘書のような役割を務めるようになっていた。当初は単純な仕事の引継《ひきつ》ぎ――セイレーシュが皇帝《こうてい》代理を務めていたから――だったのだが、セイレーシュの丁寧《ていねい》な仕事ぶりが気に入ったエルファリアはそのまま手元に留め置いた。そしてそれはセイレーシュの希望でもあった。彼女《かのじょ》は旧ヴァンダリオン派のクーデターの際に、自分は皇帝になるよりも、その下で力を尽くす方が性格的に向いていると気付いたのだ。そんな訳で彼女は今日もエルファリアのもとへ向かっている。地球からの連絡《れんらく》をエルファリアに届ける為だった。

「おや、時間より早いですね、セイレーシュさん」

エルファリアは笑顔でセイレーシュを迎《むか》えた。そこは皇宮《こうぐう》にある温室の一角。彼女達《かのじょたち》はそこでお茶会をするのが日課だった。セイレーシュはその時に機密レベルの高い報告や、高度で複雑な対応が必要な案件を持ってくるのだ。

「陛下ももうおいでてしたか」

「なんだか今日は早く目が覚めて、執務《しつむ》が早く済みました。だからこの子達の世話でもしてやろうかと」

エルファリアは剪定《せんてい》用のハサミを用具箱にしまうと、セイレーシュの方へやってくる。お茶を飲むのが趣味《しゅみ》のエルファリアは、温室で幾つか茶葉を育てている。特に気に入っているのはルブストリという古代品種だった。

「流石は陛下。ふふ」

「なんです？」

「実はつい先程《さきほど》、レイオス様から緊急連絡《きんきゅうれんらく》が届きました」

「まあ！」

エルファリアは孝太郎から連絡が来たと聞いた途端《とたん》、その目を大きく見開き花のように微笑むと、セイレーシュに駆《か》け寄ってきた。その姿は皇帝というよりもまるで年若い少女のようで、エルファリアにとって孝太郎がどれだけ大切な存在なのかという事がセイレーシュにもよく伝わって来ていた。

「レイオス様はなんと!?」

「こちらをご覧ください」

セイレーシュは腕輪《うでわ》型のコンピューターを操作して、エルファリアに見えるように孝太郎からのメッセージを立体映像として投影《とうえい》する。エルファリアはもどかしげに自身の腕輪でその映像に触《ふ》れてメッセージの暗号化を解除すると、食い入る様にメッセージを読み始めた。セイレーシュはその姿を見て、恋人《こいびと》からの手紙を読んでいるかのようだと思ったのだが、余計な事は言わずに見守った。彼女は代理を務めた事があるので、皇帝は思ったほど自由に生きる事が出来ないと知っているのだった。

エルファリアが上機嫌だったのは最初だけだった。すぐに不機嫌《ふきげん》になると孝太郎に対して文句を言い始めた。それはメッセージが私信ではなく、単なる事務的な協力要請《ようせい》だったからだ。孝太郎に返事を送ってからもそれは変わらず、テーブルに寄り掛かるようにしながら不満げな様子で紅茶をスプーンでかき回している。この時のエルファリアには普段の威厳《いげん》や優雅《ゆうが》さは欠片《かけら》もなかった。

「機嫌を直して下さい、陛下」

「………クランさんの苦労が分かってきました。レイオス様は完璧《かんぺき》な英雄過ぎます」

セイレーシュには、今のエルファリアは遠距離《えんきょり》恋愛《れんあい》の恋人があまり連絡をくれないから拗《す》ねている女性のように見えていた。

「……もう少しでいいから、大変な権力を持つ義母のご機嫌を取ろう……とかいう下心はないものか……」

メッセージにもし一言、エルファリアに対する個人的なメッセージが紛れていればそれで良かった。それこそこの温室で育てているルブストリの茶葉の話でも構わない。なのにそれがない。孝太郎は仕事人間ならぬ英雄人間。エルファリアの不満はそこに尽きた。無論、状況《じょうきょう》としては孝太郎が正しいのだが。

「それがあったらアライア帝《てい》……が愛する事もなかったのではありませんか？」

この時セイレーシュは皇帝の名前を一人だけ引き合いに出したが、実際にはもう一人、頭の中に思《おも》い描《えが》いた皇帝があった。だがセイレーシュはあえてその人物については引き合いに出さなかった。

「そういう正論を言うセイレーシュさんは嫌《きら》いです」

「まるで子供のような事を……ふふ……」

子供のような――――自分で口にしたその言葉で、セイレーシュはなるほどそうなのかもしれないと思った。エルファリアとティアは母子家庭で、しかもエルファリアが皇帝となればティアは寂《さび》しい幼年期を送った事だろう。だが同じ事はエルファリアにも言えるのかもしれない。彼女もまた孤独な日々を送ってきたのだろう。そこへ現れた絶対的な守護者、青騎士。それが心の支えになってくれているのは間違いないだろう。セイレーシュもまた皇家の出なので、エルファリアの気持ちは痛いほど分かった。

「…………陛下にとってもレイオス様は…………」

「セイレーシュさん？」

「い、いえ…………そうだレイオス様への不満は、直接ぶつけられればよろしいかと」

「どういう意味です？」

「この文面だと遠からずレイオス様はフォルトーゼに帰還《きかん》されるものと思われます」

「えっ？」

エルファリアはがばっと起き上がるとメッセージを読み直した。そこにはラルグウィン一派との交戦の経緯《けいい》や彼らがフォルトーゼへ向かったらしい事、そしてしばらくラルグウィン達《たち》を抑えて欲しいと記されていた。最初はカッとなって気付かなかったエルファリアだが、読み直してみると確かに『しばらく抑えて』の部分が帰還《きかん》を意味しているように思える。孝太郎はエルファリアがラルグウィン一派を『しばらく抑えて』いる間に、フォルトーゼへ帰ってくるのだ。

――若い頃《ころ》の気持ちを残したまま、立派な皇帝になってしまった……やはりこの方には敵わない………ふふふ………。

　いつもは聡明《そうめい》なエルファリアなのに、孝太郎が相手だと時折感情が先行して視野が狭《せば》まってしまう。そこもエルファリアの魅力《みりょく》なのだろうと、この時のセイレーシュは胸の中でそう思っていた。

「………おほん。見苦しいところをお見せしました」

「いいえ、詫《わ》びて頂く必要はございません。我々フォルトーゼの皇族は、多かれ少なかれあの方にはこだわりがあります故、致し方ないかと」

「すぐに動きますよ、セイレーシュさん。レイオス様を万全の態勢で出迎《でむか》えなくては」

「はい。それが宜しいかと」

　エルファリアが孝太郎に文句を言う為には、ラルグウィン一派への対策を万全に行い、文句を言う余裕がある状態にしてやらねばならない。緊迫《きんぱく》した状態では駄目《だめ》だ。一定以上に国民の安全を確保してこそ、皇帝と青騎士《あおきし》は呑気におしゃべりが出来るのだった。

　孝太郎からの協力要請を受け取ったエルファリアは、即座《そくざ》にラルグウィン一派の行動を抑える為に行動を開始した。最初に行ったのはフォルトーゼ星系の外に潜《ひそ》んでいる旧ヴァンダリオン派の摘発《てきはつ》だった。地球へ行く前のネフィルフォランの活躍《かつやく》のおかげで大きいものは既《すで》に壊滅《かいめつ》していたのだが、比《ひ》較的《かくてき》小さいものや、フォルトーゼ星系から遠い場所ではまだ活動しているものがあった。銀河の半分に及ぶ広大な領土を持つ神聖フォルトーゼ銀河皇国なので、どうしてもそうなってしまうのだ。そうした勢力の摘発を強化し、ラルグウィン一派に取り込《こ》まれないようにする、というのが第一の対策だった。

これに並行して行われた第二の対策が、希少物質の流通の監視《かんし》を強化する事だった。これは日本側でキリハがやったものと同じで、単純な軍事技術に加えて霊子力技術や魔法の為に必要な希少物質の流通量を監視し、生産拠点を見付け出すというものだった。だがこれはあくまで補助的なものだ。タイミング的にラルグウィン一派が生産拠点を作り始めるのはもう少し先の事になる筈《はず》なので、現時点では先に網《あみ》を張って待ち構えるという形になる。どちらかと言えば本命は第三の対策の方だった。

第三の対策は、第一の対策の特殊《とくしゅ》なバリエーションというべきものだった。フォルトーゼにも魔力《まりょく》が豊富な土地は存在する。その中で利用し易《やす》いのは近くに旧ヴァンダリオン派勢力の拠点があるような場所だろう。また近くに拠点がなくても、魔力が極端《きょくたん》に豊富な場所なら新たに拠点を築いてでも利用したい筈だ。そうした場所を先回りして発見し、敵の手に渡《わた》らないようにする。それが第三の対策。そしてこの任務にあたったのが、最近設立されたばかりの宮廷魔術師団《きゅうていまじゅつし》だった。

「クリムゾン、嬉《うれ》しいのは分かるけど、所かまわずぶっ壊《こわ》しちゃ駄目だからね？」

「分かってるわよそのぐらい。大魔法使《まほうつか》いと戦う前に解雇《かいこ》されたらたまらないもの」

「………解雇で済めばいいけど………」

宮廷魔術師団はその名の通り、皇帝が直接指揮する魔法使い達だ。その構成員は旧ダークネスレインボゥの幹部達でクリムゾン・グリーン・ブルー・イエロー・オレンジ・パープルの六人。現時点ではネイビーが空席となっている。

彼女らは内乱に関与《かんよ》した罪で投獄《とうごく》される筈だったのだが、エルファリアが免責《めんせき》と引き換《か》えに味方になるよう説得した。エルファリアは彼女達が内乱の後半で味方をしてくれた事から、真に邪悪《じゃあく》な者達ではないと感じていたのだ。しかも彼女達は既にフォルトーゼの国内事情や文化を理解しているので、即戦力《そくせんりょく》としてすぐに働く事が出来る。逆に彼女達と取り引きをせずに、フォルサリアに要請して新たに有能な魔法使いを派遣《はけん》して貰《もら》った上でフォルトーゼ事情を叩《たた》き込むとなると、相当に時間を要する。この取り引きはフォルトーゼ側にも大きな利益があるものだった。

「幸か不幸か、今回の地点―――鉱山はぶっ壊しても誰からも文句が出ないと思うわ」

「本当なのパープル⁉」

「ええ。この鉱山からは魔力を帯びた銀が産出されるんだけど、銀鉱山としての規模はそう大きいものではなくて、採算が合わずに何年か前に撤退《てったい》した廃坑《はいこう》なの。しかもこの星白体が居住に適していないから、周囲に民間の施設は無し。ただこの周辺で旧ヴァンダリオン派の活動が確認《かくにん》されているので、放ってはおけない訳なの」

今回彼女達がやってきたのは、かつては魔力を帯びた銀鉱石が産出された廃坑だった。もちろんかつて鉱山主は産出された銀鉱石が魔力を帯びているなど気付いてもいない。ただの銀のつもりで掘《ほ》り、採算が合わずに撤退した。つまり誰もおらず、今後もやってくる可能性が殆ど無い地下道という事なので、クリムゾンが破壊《はかい》してしまっても誰にも迷惑が掛かる心配はなかった。

「じゃあ敵も居ないんじゃないの。期待して損した」

「ところがそうとも限らないのよ」

パープルの言葉を聞いて肩《かた》を落としたクリムゾンに、イエローが笑いかける。するとクリムゾンが軽く目を上げた。

「どういう事？」

「どうしても再起したい旧ヴァンダリオン派は、あらゆる手段を模索《もさく》している。だからこの廃鉱《はいこう》山にも度々《たびたび》人を送って調査をしているようなの」

「魔法の武器――――な訳ないか。単純な銀鉱山として掘ろうとしてるの？　前の持ち主が採算が合わずに閉山したってのに？」

旧ヴァンダリオン派はまだ魔法の存在を認識していない。それが可能なのはラルグウィン一派と合流した後の事だ。だから鉱山を再開するならただ銀を掘るという事。失敗した事業を再開してどうするのだ――――クリムゾンには意味が分からず、不思議そうに首を傾《かし》げるばかりだった。

「確かにまともにやるとダメなんだけど、以前の我々のやり口なら採算は合うのよ」

「あー、そういう事ね」

以前の持ち主は一般的《いっぱんてき》な企業《きぎょう》だから採算が合わなかった。だが安全性無視、従業員はほぼ強制労働、脱税《だつぜい》、その他諸々《もろもろ》――――そういったいわゆる悪の組織の手口を使えば、採算は合うのだった。

「………何の因果か、今やそれを取り締《し》まる側とはね………」

ブルーが自身の髪《かみ》を弄《いじ》りながらポツリとそう呟《つぶや》く。今でこそ宮廷魔術師の彼女達も、かつては悪の秘密結社の幹部。悪党の手口に詳《くわ》しいのはそういう訳でもある。だが今の彼女達はその反対の事をやっている。それは彼女達にとって奇妙《きみょう》な成り行きだった。

「しょうがないじゃん。本当は向いてないって分かったんだからさー」

オレンジはあっけらかんとそう言って笑った。彼女達の変化のきっかけは、孝太郎達に連敗した事だった。個人主義で仲間を使い捨てていてはいつまでも勝てない、それに気付いた彼女達は戦い方を変えた。連携《れんけい》を模索し、多くの時間を共にするようになった。そのせいでお互《たが》いが何を考え、何を願うのかが分かるようになった。そうした事が少しずつ、彼女達の認識を変化させた。その結果が今だ。彼女達も心の底ではお互いに、信じ合える誰かを求めていると理解したのだった。

「でも戦闘は面倒《めんどう》だからクリムちゃんにお任せするね？」

「あんたはいつもそうねぇ………」

「埃《ほこり》っぽいところキライだしー」

「まったくぅ……それでパープル、敵は居るの？」

「貰った情報からすると、半々といったところね。まあ、貴女《あなた》の運次第《うんしだい》かしら」

「じゃあいるわね。運には自信があるの」

「普通《ふつう》は逆よ。………本当に戦うのが好きなのね、貴女は」

「ふふ、正直戦えればどっちでも良いのよ、善でも悪でも」

六人は明るい色を多用した揃《そろ》いの衣装に身を包み、連れ立って出撃《しゅつげき》していく。出撃した後も、必要になるまでは一緒に行動する。それはかつての彼女達にはなかったもの。共に目的を果たさんという、強固な仲間意識だった。

鉱山の調査任務は、途中《とちゅう》で制圧任務に変わった。クリムゾンが予想した通り、旧ヴァンダリオン派の調査チームと鉢合《はちあ》わせたのだ。にもかかわらず、任務の為《ため》の移動に使っている宇宙船へ帰還したクリムゾンは、つまらなそうにミーティングルームのテーブルに倒《たお》れ込んだ。

「………結局、敵なんて居なかった………」

「居たじゃないの。それも結構な数だったと思うけど」

グリーンはその隣《となり》に腰掛《こしか》け、慰《なぐさ》めるようにクリムゾンに声をかける。だがグリーンのその言葉だけではクリムゾンの気持ちは癒《いや》されなかった。

「ああいうのは敵とは言わないの。雑魚《ざこ》よ雑魚」

クリムゾンが気落ちしていたのは、敵が弱かったからだった。鉱山に居た旧ヴァンダリオン派の兵士達はアサルトライフルをはじめとする一般的な個人用の火器で武装していたものの、六人の宮廷魔術師が苦戦するような事はなかった。つまり装備も実力も違《ちが》い過ぎて相手にならず、結果的にクリムゾンが期待するレベルの戦いにはならなかった。彼女の言葉を借りれば、ブラックバスを釣《つ》りに行って小さな雑魚が釣れたような状況だろう。

「地方に潜んでいる少数勢力なんだもの、練度の高い兵士や強力な武器が出てこないのも仕方がないと思うわ」

　比較的温和なイエローは、クリムゾンとは反対に敵が弱くて良かったと考えていた。宮廷魔術師はまだ立ち上がったばかりの組織で、しばらくは補充《ほじゅう》人員も期待出来ない。激しい戦いは避けたいというのが――――クリムゾン以外の――――本音だった。

「敵は居ないの、敵は⁉　もっとちゃんとした敵！　今すぐ大魔法使いを出せとまでは言わないけれど、せめてあの時みたいな巨大《きょだい》ロボットを持ち出して来るような生きの良い敵は居ないの⁉」

　本当にそんな敵が出て来てしまったら早々に宮廷魔術師団壊滅の危機な訳だが、クリムゾンにはそんな事は関係ない。仲間を大切にするようにはなったものの、戦いを愛する性格そのものには何の変化も起こっていない。

「クリムちゃん、そういうスゴいのを持ち出してくるような連中はさ、今こっちに来たかどうかって頃なんでしょ？　なかなかすぐには出てこないよ～」

テーブルに腰掛けたオレンジは足をぶらぶらさせながらそう言った。彼女の言葉は正しい。ラルグウィンの一派を除くと、仕事熱心なネフィルフォランのおかげで既に強敵と呼べるような者達は大きく数を減じている。そして問題のラルグウィン一派はようやくフォルトーゼに到着《とうちゃく》したかどうかというタイミングなので、クリムゾンの前に現れるのはもう少し先になる筈だった。

「何を悠長《ゆうちょう》な事をしてるのよ！　勢い任せの機動力が悪の魅力じゃない！」

「大丈夫《だいじょうぶ》よクリムゾン。こうやって貴女が力を示していれば、賢《かしこ》い敵なら貴女への対策で凄《すご》いのを作るわ」

「本当に？　そういう予知が見える？」

「ええ。何が来るかはハッキリとは見えないけど、全体としては結構な確率だわ」

「………じゃあ、もうちょっと頑張《がんば》ってみる」

クリムゾンに宮廷魔術師としての自覚があるかどうかは正直怪《あや》しい。だが仲間に対する気持ちと戦いへの執着《しゅうちゃく》が、彼女に任務の継続《けいぞく》を選択《せんたく》させていた。そんな彼女を見ながら、イエローは思う。

――――やっぱり真耶《まや》とエゥレクシスが抜《ぬ》けた穴は大きい………果たして私達でどこまでやれるのか………。

イエローは現在のクリムゾンの不安定さを、彼女が初めて経験した『本当の意味での仲間の喪失《そうしつ》』が原因だと考えている。そしてそれは他の五人についても同じ事が言えた。実際にイエロー自身もそうなのだ。いつもふと考えてしまう。ここに真耶とエゥレクシスがいてくれたらどうだったろうと。新しい環境《かんきょう》と任務に不安がある訳ではない。大切なものを失った自分達の今後に、不安があるのだった。

調査と研究　八月三十一日(水)

この日の琴理《ことり》は珍《めずら》しく一人だった。彼女は一人で駅の近くにあるホームセンターへ向かっている。最近はナルファと一緒に行動する事が多かった琴理だが、留学生の歓迎式典の準備をする為に別行動となった。琴理とナルファは式典の様子を撮影《さつえい》したいので、その準備が必要だ。だがナルファは式典で行うスピーチの原稿《げんこう》を仕上げるべく自宅に閉《と》じ籠《こも》っている。おかげで撮影の準備は琴理が一人でやる事になったのだった。

「それにしてもスピーチが決まった時のナルちゃんの慌《あわ》てぶりは凄かったなぁ………」

一人きりであっても、琴理の頭の中には常に仲の良い友人の姿がある。その姿を思い描くと琴理はいつも笑顔《えがお》になる。ナルファは心優《こころやさ》しく、控《ひか》え目《め》で、いつも周囲をあたたかい目で見守っている。琴理には彼女が異星人だというのが信じられない。今ではナルファは琴理の一番の友達だった。

「ナルちゃんはきっと自分が主役になるなんて思ってもいなかったんだろうな」

最近の楽しいエピソードはやはり海での事、そして最近決まったスピーチの事。初めての経験に目を白黒させるナルファの姿は印象的だった。そして彼女の存在は琴理を広い世界へと連れ出してくれる。ナルファと出会う前の琴理は内気であまり周囲との接点がなかった。しかし今の琴理は違う。ナルファの案内係という立場が、少しずつ琴理を外の世界と繋《つな》げてくれたのだ。

「ナルちゃんは私にとってはいつも主役だったんだけど……ふふふ……」

ナルファは自分が注目を受けるのは初めてだと言っていたが、琴理は最初からナルファに注目していた。ナルファは最初から琴理にとって主役だったのだ。自分を外の世界へ連れ出してくれた大切な友達。その意味では今頃《いまごろ》気付いたのかという思いもあり、それがおかしくてならない琴理だった。

「でも仕方ないかな。ナルちゃんは最初からずっとコウ兄さんの事ばかり見ていたし。フォルトーゼの人だからそうなるのかもしれないけれど、ナルちゃんはきっと……」

琴理はナルファが自分自身の価値に気付いていなかったのは、いつも傍《そば》に孝太郎《こうたろう》がいたからだろうと思っていた。ナルファの視線は常に孝太郎に釘付《くぎづ》けだ。カメラがあろうがなかろうが、彼女の視線は常に孝太郎に向けられていた。ナルファにとっては主役はあくまで孝太郎で、自分はただのカメラマン。あるいはもっと踏《ふ》み込んで、自分は騎士の帰りを待つお姫――

「……あれ？　なんだろう？」

不意に何かの気配を感じて、琴理は立ち止まる。

――これは誰かが私を見てる、のかな？

琴理が感じたのは何者かの視線だった。彼女は立ち止まったままきょろきょろと辺りを見回す。だが周囲には琴理の存在に頓着《とんちゃく》せずに行き来する町の住人の姿があるだけ。琴理は自分を見ている者の姿を見付ける事が出来なかった。

「んー……自意識過剰《かじょう》かな？　ちょうどナルちゃんがずっとコウ兄さんを見ていた事を思い出してたところだし……」

琴理は小さく笑うと再び歩き始めた。もしかしたら自分は、ナルファに影響《えいきょう》されて恋愛《れんあい》体質になっているのかもしれないなぁと考えながら。そうして彼女が改めて視線を道の先に戻《もど》した、その時の事だった。

「あれは……コウ兄さん？　何でこんな所に？」

琴理は進行方向上に見知った後ろ姿を見付けた。駅前の雑踏《ざっとう》の中に、孝太郎がいるのを見付けたのだ。背を向けているので、孝太郎は琴理には気付いておらず、どんどん彼女から離れていく。それ自体は特に不思議な事ではなかったのだが、その背中に琴理は違和感《いわかん》を持った。

――なんだろう、この言い知れぬ寒気は……。

琴理は何年も孝太郎の背を追って過ごしてきたから、孝太郎の背中に宿っているものを良く知っている。一握《ひとにぎ》りの寂しさが混じった、とてもあたたかい気配。それは琴理の自慢《じまん》の兄である賢治《けんじ》が、共に歩み、長く支え、生み出したもの。だがこの時の孝太郎の背中から感じたものは、それとは似ても似つかない、酷《ひど》く寒々しい孤独な気配だった。そのせいで琴理は孝太郎を呼び止めるのを一瞬躊躇《いっしゅんちゅうちょ》した。そして躊躇している間に、孝太郎は雑踏の中へ消えていってしまった。

――あれは本当にコウ兄さんだったのかな？　別の人だったんじゃ……？

琴理は再び足を止め、首を傾げる。ちらりと見えた横顔は孝太郎に見えた。だが自分が知っている気配とはあまりにも違う。琴理には、横顔を見間違《みまちが》えたと考える方がよっぽど自然に感じられた。

――後でコウ兄さんに訊《き》いてみよう。うん、それがいい！

どうあれ、いずれ孝太郎とは顔を合わせる。その時に尋《たず》ねれば良い。今の琴理には重大な役目がある。孝太郎の事は一旦《いったん》頭の片隅《かたすみ》に追いやると、琴理は再びホームセンターに向かって歩き出した。

この時に琴理が見た孝太郎は、やはり孝太郎ではなかった。彼女が見たのは灰色の騎士《きし》。別の世界からやって来た、別の孝太郎だった。最初に彼女が感じた視線も同じだ。灰色の騎士が彼女を観察する視線だったのだ。

「………ふむ………琴理からは魔力は感じない。高い霊力《れいりょく》も………どうやら琴理も空振《からぶ》りだったか………」

灰色の騎士は遠くから琴理の事を観察していた。魔力や霊力で視力を始めとする幾《いく》つかの感覚を引き上げているので、わざわざ近くまで行く必要がなかったのだ。

「………状況からして別の契約者《けいやくしゃ》がいてもおかしくはない。我々の世界とは契約者が違う可能性もある………だがなかなかそれらしい者は見当たらんな………」

シグナルティンの不思議な状況をはっきりとさせる為に、灰色の騎士は孝太郎の関係者を順番に観察して回っていた。観察の順番で言うと、琴理は丁度十番目にあたる。灰色の騎士は孝太郎の周辺に、シグナルティンをシグナルティンのままに留《とど》める何らかの理由が存在しているのではないかと考えた。そこで孝太郎の人間関係を洗っていた訳なのだが、今のところは芳《かんば》しい結果は得られていなかった。

「……少し捜索《そうさく》の範囲《はんい》を広げて、次は演劇の関係者でも当たってみるか？　それともクラスメイト、柏木《かしわぎ》あたりにするか……おっと⁉」

灰色の騎士は素早《すばや》く物陰《ものかげ》に身を隠した。不意に琴理が立ち止まり、きょろきょろと辺りを見回し始めたのだ。

「見られてはいない筈だが……昔から勘《かん》が良い子だったからな、油断ならん……」

しばらくそうして辺りを見回していた琴理だったが、やがて元の方向に向かって歩き出した。それを確認すると、身を潜めていた灰色の騎士も再び彼女の観察を再開した。

「これまで通り――いや、待て！　今一瞬《いっしゅん》だが魔力を発しなかったか⁉」

琴理が小さく笑って歩き出したその瞬間《しゅんかん》、灰色の騎士は彼女が魔力を発したように感じた。だがそれは本当に一瞬だったので、確実にそうだったかと言われると自信は持てなかった。

「……確かめるか……」

十人目でようやく僅《わず》かだがそれらしい手掛《てが》かりを得た。不確かであっても、放置して次へ行く訳にはいかなかった。そこで灰色の騎士は琴理への接近を試みた。直接接触する訳にはいかないが、近くでより詳細《しょうさい》に琴理の事を調べようというのだ。灰色の騎士は街道《かいどう》に降りると琴理の後を追った。

——まずは単純に魔力や霊力をぶつけてみるか……。

灰色の騎士は魔力や霊力のちょっとした波動を琴理の背中にぶつけた。魔法使《まほう》いや霊能《れいのう》力者《りょく》なら、その波動に反応するだろう。だが琴理は何の反応も示さず、そのままのペースで歩き続けていた。

——反応はなしか……それに自動で働いた防御《ぼうぎょ》魔法の類もなし……。

波動だけとはいえ、正体不明の魔力や霊力がぶつけられたら、防御用の魔法や霊子力《れいしりょく》兵装があるならば自動的に防御する筈だ。だがそうした様子もない。

——どうやら考え過ぎだったか……。焦《あせ》っているのか、俺《おれ》は……。

琴理はごく当たり前の普通の少女である——それが灰色の騎士の結論だった。当然だが近くで調べれば調査の精度は一気に上がる。それでも感知出来ないので、琴理には何の力も備わっていないと結論したのだった。

——時間の浪費《ろうひ》を避《さ》けなければ。未練がましく琴理にこだわるのは止めよう。手詰まりになってから戻るのでも構わんのだ……。

灰色の騎士が近くで調べても分からないなら、それは相当複雑に守られているという事でもある。だがその可能性は極《きわ》めて低い。ここで足を止めて琴理にこだわる位なら、他の者達を調べに行った方が良い。この事を覚えておいて、後で戻ってきて琴理を詳細に調べる方が効率は良い筈なのだ。

——ふむ、次へ行くとしよう……。

灰色の騎士はこの時点で一旦《いったん》琴理から興味を失った。歩くスピードを上げ、琴理を追い抜いていく。琴理が歩く速度は灰色の騎士よりもずっと遅《おそ》い。かつては彼女に合わせて歩いてやっていたが、今はそうする必要はない。程《ほど》なく琴理を置き去りにして大きく距離《きょり》を取る事が出来た。その時、琴理が灰色の騎士の存在に気付いたようだったが、灰色の騎士が足を止める事はなく、そのまま次なる目標へ足を向けた。

研究一辺倒《いっぺんとう》と思われがちだが、クランには音楽を聴《き》く趣味がある。自分で組み立てた真空管アンプを使って音楽を聴くのが好きなのだ。そのせいもあり、スマートフォンで音楽を聴く事は滅多《めった》にない。どうせなら真空管アンプとスピーカーでちゃんと聴きたい、そんな風に思うからだった。

「………」

そんな彼女がスマートフォンで何かを聴いていた。無線のイヤホンを使っているので彼女が何を聴いているのかは分からない。妙《みょう》に嬉しそうにしている彼女の姿から、お気に入りの曲でも聴いているのだろうと想像できるくらいだった。

「………」

だが奇妙な事に、クランはスマートフォンを数秒おきに操作していた。音楽を聴いているとしたらよっぽど短い曲だという事になる。クランは『朧月《ろうげつ》』にある自身の研究室に居たので、彼女をしっかりと観察している者が居なかったのは幸いだった。実はこの時、クランが繰《く》り返し聞いていたのは音楽などではなく、録音された人間の言葉だった。

『俺の天才科学者が言うには、最終的には戦闘《せんとう》兵器の弱点は、人間を乗せている事に行き着くらしいぞ』

それは先日の戦いの中で記録された音声だった。内容は技術的なものではあるが、科学に長じたクランが繰り返し聞く必要があるようなレベルのものではない。むしろ彼女にとっては常識のような話だった。

『俺の天才科学者が言うには』

それでもクランには、この音声を繰り返し聴く理由があった。それは科学がどうこうというより、非常に個人的な理由からだった。

『俺の天才科学者』

クランはこの部分を聴く度に、軽く頰《ほお》を赤らめ嬉しそうに目を細める。この短い表現の中に、普段《ふだん》はクランの心の奥《おく》に隠《かく》れている女の子らしい部分を揺《ゆ》さぶる要素が含《ふく》まれていた。

『俺の』

『俺の』

『俺の』

この『俺の』という所有や所属を意味する単語が『天才科学者』――つまりクランに向けられる事は滅多にない。それが先日の戦闘における非常に重要な局面で飛び出した。発言した人物にはこの辺りの細かい表現を気にする余裕《よゆう》はなかった筈なので、これが発言者の本音である事は間違《まちが》いない。その事がクランにはとても嬉しかった。そんな訳で彼女はこの音声データをスマートフォンに入れ、休憩《きゅうけい》時間などに繰り返し聴いていた。そうやってクランが楽しい一時を過ごしていた時の事だった。

「……さっきからお前何聴いてんだ？」

不意に孝太郎の顔が目の前に現れる。

「きゃあきゃあきゃあきゃあっ!!」

驚《おどろ》いたクランは手にしていたスマートフォンを取り落としそうになった。スマートフォンはまるでお手玉をするように宙に浮《う》かぶ。だがクランは危ないところで何とか空中でスマートフォンを掴《つか》み直すと、大急ぎで音声の再生を停止させた。

「お、脅《おど》かさないで下さいましっ！」

クランは驚きで心臓が止まりそうだった。これまで聴いていた音声だけは、孝太郎に知られる訳にはいかない。知られたらきっと白い目で見られる。それはクランにとって地獄《じごく》だった。

「悪い。お前がなんだか妙に楽しそうだったんで、何聴いてるんだろうと思ってさ」

「ひ、秘密ですわっ！」

「教えてくれたって良いじゃないか。フォルトーゼの音楽とか興味あるぞ、俺は」

孝太郎はクランの趣味を知っている。一緒《いっしょ》に真空管アンプを組み立てたからだ。だからこの時もクランは音楽を聴いていたのだろうと思い込んでいた。

「だっ、だめっ、絶対だめですわっ！」

もちろんクランは拒絶《きょぜつ》し、首を激しく左右に振《ふ》った。すると彼女《かのじょ》の長い髪が、ぱたぱたと大きく揺れる。

「良いじゃないか、ちょっとぐらい」

思わぬクランの抵抗《ていこう》に、孝太郎は不思議そうにしていた。音楽ぐらい聴かせてくれてもいいだろうに、そんな顔だった。

「わたくしにも秘密の一つや二つはありましてよっ！」

クランは顔を赤くしたまま孝太郎に訴《うった》える。その瞳《ひとみ》には僅かだが涙《なみだ》が滲《にじ》んでいた。孝太郎はそんなクランの様子から、何か女の子の特別な事情があるらしいと悟《さと》った。そしてこれ以上は触れない方が良さそうだという事も。

「………んー、つまり、音楽じゃなかったと」

「まあ、そういう事ですわ」

孝太郎が理解を示した事で、クランは安堵《あんど》の息をついた。だが顔はまだ赤いままだ。一度赤くなった顔が元に戻るには、もう少し時間が必要だった。

「仕方ない、諦《あきら》めよう」

「そうして頂きたいですわ」

「お前が何を聴いてそんなに嬉しくなるのかって事には興味があったんだがな」

「………えっ？」

何を聴いて嬉しくなるのか興味がある――――それはクランそのものに興味があると宣言

するに等しい。その言葉がクランが望むレベルの感情を含んでいたかというと怪しいのだが、彼女の赤い顔の持続時間を延ばした事だけは確かだった。

孝太郎がクランに会いに来たのはクランと楽しいお喋《しゃべ》りをする為ではなく、きちんとした理由があった。それはとても大切な用事だったので、孝太郎はクランとのお喋りが一段落したところで話を切り出した。

「なあクラン、ちょっと話があるんだが」

「話ならずっとしていましたでしょう?」

「敬愛するクラリオーサ皇女殿下《でんか》との楽しいお喋りじゃなくてだな、お前の得意な事についてちょっと相談があってさ」

「どうせまた、陰謀《いんぼう》や暗殺がどうのとかいう話でしょう?」

クランは恨《うら》みがましい光を宿した瞳で、横目で孝太郎を見る。またからかいたいんでしょう、クランの表情はそう言いたげだった。

「出来れば気楽にそういう話がしたかったんだが――」

「ホレ見なさいっ」

　クランは大げさな動きで顔を背《そむ》ける。いくら自分が蒔《ま》いた種とはいえ、時折かつての自分の悪事に関連して陰謀などの相談事が回ってくるのは気に入らなかった。特にそれが孝太郎の口から語られる場合には。

「――――今回はちょっと真面目《まじめ》な相談だ」

「……………なんですの？」

　孝太郎の言葉にはからかうニュアンスはない。またその口ぶりからは、重要な案件でどうしてもクランの悪事の知識が要《い》るという雰囲気《ふんいき》は感じられない。それを感じ取ったクランは、顔を孝太郎がいる方向にゆっくりと戻した。

「覚えてるかな、クラン。お前が桜庭先輩《さくらばせんぱい》の為にバリアーのパワーアシストスーツ作ってくれた時の事。俺はあんときお前に、フォルトーゼ本国で売り出せって言ったろ？」

「ああ………そんな事もありましたわね………」

　その瞬間、クランの瞳に宿っていた光が緩《ゆる》んだ。それは彼女にとってとても幸福な記憶《きおく》だった。あの時、孝太郎は彼女の力を望み通りの形で評価してくれた。大好きな人が真正面から才能を評価してくれたのだから、嬉しくて当たり前だろう。

「アレ、可能なら本気でやって貰えないだろうか？」

「ＰＡＦを売り出しますの？　フォルトーゼで？」

　クランは目を丸くする。かつて晴海《はるみ》は身体が弱く、孝太郎達《たち》並みに身体を動かす必要がある場合にはＰＡＦ――パワーアシストフィールドを利用していた。これは孝太郎の鎧《よろい》の機能を、人を覆《おお》う形で発生させたバリアーで再現するもので、晴海の身体機能をアスリート並みに引き上げてくれた。それを初めて見た時、孝太郎は思ったのだ。これを民間向けに改造して発売すれば、多くの人の役に立つだろうと。そして孝太郎はこの日、それを本気でやって貰えないだろうかと、クランに相談しにやってきたのだった。

「製造と販売《はんばい》はＤＫＩでやるよ。幸か不幸か、ＤＫＩは俺のものって事になってるし」

「あなた、福祉《ふくし》関係に興味がありましたの？」

「というより俺があっちでやって大丈夫な事ってそれぐらいだろ」

「……まあ確かに、何を始めてもあなたの知名度で圧勝してしまいますものねえ」

　ＤＫＩを普通の営利企業として活動させてしまうと『青騎士《あおきし》が所有する企業』という評判が先行し過ぎてしまい、商品が何であるか、その品質がどのレベルであるか、といった事にかかわらず大成功してしまう。そんな事になれば業種が被《かぶ》っている別の企業が酷い目に遭《あ》うので、孝太郎はＤＫＩでは利益を追求しないと明言していた。ちなみにその姿勢がなおの事好感されて、ＤＫＩの株式の価格が鰻登《うなぎのぼ》りである事を孝太郎は知らない。

「そういう訳でだな、今回も利益は求めない。だから技術の根幹部分は公開したいと思っているんだ」

「他の企業が真似《まね》して安く作れるように、ですわね？」

通常、商品の価格には開発費が上乗せされている。だが技術を公開してしまえば、他の会社が製造する際には開発費を上乗せする必要がない。その分だけ安く作れるという訳だった。それは身体の不自由な人達が買い易くなるという事なので、孝太郎は公開に踏み切ろうとしていた。

「それでお前に相談に来た。こういうのって、お前の権利になる訳だろう？」

「ええ、厳密に言うとそうなりますわ」

クランが開発したものなので、その技術はクランに属している。そうした法律はフォルトーゼでも同じだった。

――わたくしがあなたの本気のお願いを拒絶する筈はありませんわ………まったく、もう少しぐらいわたくしを我《わ》がものと思って下さっても宜《よろ》しいでしょうに………。

不満はむしろクランに許可を求めに来た事の方で、クランにしてみれば信じて進めてくれても何も問題はなかった。とはいえ正しい事に文句を言うのもおかしいので、この時はその不満を胸にしまったままにしたクランだった。

「………でも賛成ですわ。晴海のおかげで技術的にはほぼ完成しておりますし」

　ＰＡＦの開発自体は既《すで》に終わっていた。長期にわたって晴海が使ってくれていたおかげで多くのデータを得る事が出来、ＰＡＦに無数の改良を加える事が出来た。今からやる必要がある事は、能力増幅《ぞうふく》を一般《いっぱん》の人間並みに抑《おさ》える事ぐらい。そうすればバッテリーの持続が長くなり、福祉用という目的により良くフィットするに違いなかった。

「それにおばあさまも福祉には熱心でしたから、後を継《つ》ぎますわ」

「そういや前にそんな事を言ってたな」

　それは孝太郎とクランが二人で現代に戻ろうと頑張っていた頃《ころ》の話だ。クランは孝太郎に、数年後に亡《な》くなる筈《はず》の祖母の存在を話してくれたのだ。孝太郎もその事はよく覚えていた。そしてそれは孝太郎がクランの評価を改める事になった、幾つかのきっかけの一つだった。

「きっと今のお前みたいな人だったんだろうな」

「ええ。自分で言うのも何ですけれど………シュワイガらしくないお人でしたわ」

　クランにとってもそれは印象深い出来事だった。予期せぬタイムトラベルが作り出した悩《なや》み。誰《だれ》を助け、誰を助けないのか。命の重さは誰が決めるのか。クランはその難題に頭を悩ませていく中で、孝太郎の視線が幾らか優《やさ》しくなったように感じた事を、よく覚えていた。

「そういう善意のお前に言うのは心苦しいが、実は俺には若干《じゃっかん》の計算がある」

「どういう事ですの？」

「単に留学であっちに行くというよりは、説得力が出そうだろう？」

「そうですわね。青騎士《あおきし》が特に理由もなく帰還《きかん》……留学……それよりはＤＫＩ絡《がら》みの帰還と並行して、という方が国民も疑いを持たないでしょうね」

　孝太郎はフォルトーゼの社会や経済に過剰な影響を与《あた》えないように、早々に地球へ帰った。その事はフォルトーゼ国民も知っている。その事も青騎士の名声を更《さら》に高める原因の一つだったのだ。にもかかわらず青騎士がフォルトーゼへ帰ってくるのは何故《なぜ》なのか。皇女達と結婚《けっこん》を約束した訳でもないのに。本当にただの留学なのだろうか？　何か事件が起こったのでは――――国民がそういう風に考える可能性があった。それを防ぐ為に何か一つ手を打つ必要があるのではないか、そう考えた孝太郎はクランにＰＡＦの売り出しを相談しにやってきた。つまりフォルトーゼ行きの自然な理由を作る為だったのだ。そして孝太郎はそこが少しだけ気に入らない。下心がある福祉は大きくその価値を減ずるというのが孝太郎の考えだった。

「でも……正しい事のついでに別の正しい事が出来る訳ですから、気に病《や》む必要はありませんわ」

「そういうもんかな」

「あなたは堅苦《かたくる》しく考え過ぎなのですわ」

だがクランの考えは違う。孝太郎がフォルトーゼ行きを決断しなければ、PAFの商品化はもう少し遅《おく》れた筈だ。つまり孝太郎のフォルトーゼ行きが商品化を早めたという事になるだろう。それに救われる身体が不自由な人達は多い筈だ。どう考えてもそれが悪い事の筈はないだろう。だからそこを難しく考える孝太郎に、クランは優しく微笑《ほほえ》みかけるのだった。

「ははは、俺の皇女殿下は柔軟《じゅうなん》だな」

それは紛《まぐ》れもなく孝太郎の本音だった。この時のクランの言葉は、孝太郎の視野の外側にあった。言われてみれば確かにそう考える事も出来る。その考え方は孝太郎の不満を大きく和《やわ》らげてくれた。クランがそう思ってくれているというだけなのだが、救われたような気がしたのだ。おかげで孝太郎にも笑顔が戻っていた。

「こう見えてわたくしもかつては悪党でしたから、善行に関しては分かる事が多いのでしてよ――――って、おれの………？」

「ん？　どうした？」

「なっ、何でもありませんわっ！　なんでもっ！」

ここでクランは何故か顔を赤らめ、激しく首を左右に振った。孝太郎にはクランがそうする理由がさっぱり分からないのだが、そんな彼女がなんだかいつも以上に可愛《かわい》らしく見える孝太郎だった。

留学生の歓迎《かんげい》式典のリハーサルからの帰り道。琴理がナルファに投《な》げ掛《か》けた質問は至ってシンプルだった。そのあまりのシンプルさに、ナルファは一瞬何を言われたのかが分からなかった。

「ナルチャンハコウニイサンノコトガスキナノ？」

「………えっ？」

「だからぁ、ナルちゃんはコウ兄さんの事が好きなの？」

琴理が同じ質問をもう一度繰《く》り返したところで、ようやくその意味がナルファの頭の中に染《し》み込《こ》んできた。

「えっ、ええっ、えええぇぇぇぇぇえっ⁉」

そしてナルファは大きく目を見開いて驚愕《きょうがく》の表情を作った。そんなナルファに、琴理は軽く身を乗り出すようにして更なる質問を投げかける。琴理も女の子、恋愛話には興味がある。しかも親友のナルファの話ともなれば、大好物だった。

「そんなに驚く事はないじゃない。それで、どうなの？」

「めっ、めめっ、滅相《めっそう》もないっ！　私のような普通の女の子が、コータロー様とどうこうだなんてっ、コータロー様や皇女殿下や他の皆様《みなさま》に失礼ですっ！」

ナルファはぶんぶんと首を横に振る。そのあまりの激しさに、彼女の虹色《にじいろ》の髪《かみ》は大きく波打った。

「それは立場上の問題でしょう？　私が訊いているのはそういう事じゃなくて、ナルちゃんにとってコウ兄さんはどんな存在なのかという話よ。好きなの？　嫌《きら》いなの？」

「……………それは…………そのう………………」

「嫌い？」

「そんな事は決して！」

この時のナルファは、まるでこれまでの動揺《どうよう》が嘘《うそ》であるかのように、琴理の言葉をきっぱりと否定した。だがナルファがそう出来たという事自体が、琴理をある結論へ導く。琴理は目を細めて囁《ささや》いた。

「じゃあ好きなんだ？」

「は、はい……」

ナルファは頷《うなず》くと顔を伏《ふ》せ肩《かた》を窄《すぼ》め、小さくなってしまう。たとえ事実であったとしても、話す相手が親友の琴理であったとしても、やはり自分の恋愛感情を明かすのは照れ臭《くさ》い。しかもその相手が伝説の英雄《えいゆう》ともなれば、身分知らずの恋《こい》、あるいは英雄の表面的な部分への憧《あこが》れとも取られかねない。我ながら子供のような恋愛感情を明かしているように感じられ、ナルファは居《い》心地《ごこち》の悪さを感じていた。

「やっぱりね」

「気付いてたんですか？」

「気付いてたというか……ナルちゃんって最初っからコウ兄さんの事しか見てなかったじゃない」

「そ、そうでしたか？」

「うん、そうよ。カメラを向けていない時も、ずっと目でコウ兄さんを追ってた。まるで世界にはコウ兄さんしかいないかのように」

「それは！」

「それは？」

「それは……」

「うふふふっ」

琴理は楽しそうに笑う。その声を聞き、ますますナルファは小さくなっていく。そんな彼女の姿を見て、琴理はかつての自分を見るかのような気持ちになっていた。

「よし、そういう事なら私が手伝ってあげる」

「手伝うって、何をですか？」

「ナルちゃんがコウ兄さんと仲良くなる手伝いよ」

琴理は元々内向的なタイプだった。いつも孝太郎と賢治の陰《かげ》にいた。だがナルファとの出会いが、彼女を変えつつある。本来は孝太郎と賢治しか見る事がなかった彼女の本質がナルファやクラスメイトにも伝わりつつあった。だから琴理はナルファに感謝していて、出来ればその恩返しがしたいと思っていた。そんな時にナルファが絶賛片思い中である事を教えてくれたので、ならばと腰《こし》を上げた訳だった。

「ちょ、ちょっと待ってコトリ！　駄目《だめ》ですよ、そんな大それた事！　相手はあの青騎士《あおきし》です！　アライア帝《てい》の想《おも》い人《びと》で、現代でも皇女殿下と結婚がどうのこうのって！」

問題は孝太郎がフォルトーゼにおける正真正銘《しょうしんしょうめい》の英雄であるという事だった。仮に今の時点で戦いから身を退いたとしても、伝説の英雄としての名声は微動《びどう》だにしないだろう。

アライア帝の想い人で、その理想の体現者。だが皇女達との約束を守るべく現代に帰還した。そして現代においても騎士道《きしどう》を貫《つらぬ》き、内乱を鎮《しず》めて英雄となった。非の打ちどころがない名実共に英雄であって、ナルファは自分が孝太郎に釣《つ》り合う相手だとはどうしても思えなかった。

「大丈夫《だいじょうぶ》だよ、あの人はただのコウ兄さん。英雄とか全然関係ないから」

「……コトリは英雄になる前のコータロー様と出逢《であ》ったからそういう事が言えるんですよう。私が出逢った時にはもう、圧倒的《あっとうてき》に英雄でしたから……」

琴理にとっては『少し惚《とぼ》けた幼馴染《おさななじみ》のお兄さんが、どこぞで偉業《いぎょう》を成《な》し遂《と》げて大騒《おおさわ》ぎになっているらしい』という構図だ。だがナルファにとっては『英雄を眺《なが》めているうちに個人的な部分が見えてきて気になり始めた』という構図になる。ナルファは自分も幼馴染であったらどれだけ楽だったかと思わずにはいられなかった。

「でもさ、ナルちゃん。少なくともティアミリスさんは、その問題を打ち破ったわ。もっとも構図は逆なんだけど」

「皇女殿下が……あっ……」

ナルファもそこで気付いた。ティアと孝太郎が出逢った時、ティアは皇女で孝太郎は地球の一市民。そこには大きな身分の差があった。だがティアはそれでも孝太郎を選んだ。

そしてその後に孝太郎は英雄になった。ティアは決して自分と釣り合う身分の相手を選んだ訳ではなかったのだ。

「……確かに、そうかも、しれませんが……」

「諦める？」

「………」

「今から卒業してフォルトーゼに帰るまで、ずっとコウ兄さんを見てる？　それだけで本当に満足できる？　海の時みたいに投げ飛ばされたりしたくない？」

「……わ、私は……そのっ！　えっと！」

「どうするの？」

「い、嫌《いや》ですっ！　ずっと見ているだけなんて嫌です！」

「そうだよねっ、じゃあ、頑張《がんば》らないと！」

琴理はナルファの決断を聞いてやっぱりそうかと思った。琴理はナルファがこう結論を出すと分かっていたのだ。何故ならかつて引っ込み思案《じあん》だった琴理も、本当はそのままではいけないと思っていたから。それをナルファが外の世界と繋いでくれた。だからきっとナルファも同じ。見ているだけではいけないと思っている筈。そして今度は琴理が、ナルファを孝太郎に繋ぐ。運命論者の琴理なので、そういうものだと信じていた。

「ただ、頑張るといっても、どうしたらいいか……」

「大丈夫大丈夫《だいじょうぶ》、任せといて！　これでもコウ兄さんの妹分の期間は長いから！」

「コトリはそれでいいの？　コトリだって本当は……」

「確かに私もコウ兄さんが大好きだけど、恋愛っていうのがいまいちピンとこなくて」

琴理はそう言って苦笑《くしょう》し、肩を竦《すく》める。確かに孝太郎は特別だ。顔や行動には出ないようになってきているが、琴理は孝太郎以外の男性がまだ苦手なのだ。だが孝太郎が男性として好きという事なのかと問われると、そこには疑問の余地があった。

「だからとりあえずはナルちゃんがコウ兄さんと仲良くなるので良いと思うの。そんなにすぐ出来る事じゃないだろうし」

「……それまでにはコトリの気持ちもはっきりするかもしれない？」

「そう思う。まあ、その場合はそこから私とナルちゃんで、血で血を洗う抗争《こうそう》に発展するかもしれないケド」

「ふふふふっ、まあ怖《こわ》い」

「……抗争はなさそうね？　うふふふっ」

「はいっ」

琴理とナルファには、孝太郎を間に挟《はさ》んで取り合いをする自分達の姿が想像出来なかった。その逆で、三人で仲良く遊んでいる姿しか想像が出来ない。だからナルファは感じている。琴理が言う『恋愛がピンとこない』という言葉は、自分達にとって正解の一つなのかもしれないと。

灰色の騎士の調査は順調に進んでいた。だが調査の内容の方は芳しくなかった。孝太郎のシグナルティンが何故真の力を発揮していないのか、その原因に繋《つな》がるような手掛かりは未《いま》だに見付かっていない。このままでは調査は何事もなく最後の一人まで終わってしまいそうな気配だった。

「柏木汐里《しおり》も空振り……これで丁度二十人目、か……」

灰色の騎士はそう呟《つぶや》いて手元の資料にチェックマークを付けた。この資料は彼《かれ》の記憶と住んでいた世界の高校の学籍《がくせき》データ、役所の戸籍《こせき》データなどから作られたもので、孝太郎の人間関係が網羅《もうら》されており、その情報の精度は高かった。

「……この資料の中にいる筈なのだがな……」

シグナルティンも威力《いりょく》が人間の感情に左右される傾向《けいこう》がある。だから灰色の騎士は弱まっている理由もまた、人間関係の輪の中にあるだろうと考えていた。だがこうして孝太郎の人間関係を洗っても、そのカギになりそうな人物は一向に見当たらない。灰色の騎士が候補としてピックアップした人間は三十人近くに及《およ》ぶが、もうすぐその調査が全《すべ》て終わってしまいそうだった。

「……カギとなる人間がフォルトーゼ側に居るとなると厄介《やっかい》だが……これはラルグウィン達と一緒に行った方が良かったのかもしれんな……」

資料はまだ十人分ほど残っていたが、灰色の騎士が有力だと考えていた人間は既に調査が済んでいる。残りの者達と比べると、フォルトーゼに居るエルファリアやセイレーシュの方が可能性が高く思えてくる。地球へ残った事が裏目に出たのかもしれない、この時の灰色の騎士はそんな事を考えていた。

「嘆《なげ》いても始まらん。可能性を全て潰《つぶ》してから、フォルトーゼへ向かうとしよう」

フォルトーゼへ行くにしろ、調査が終わるまでは行く訳にはいかない。調査に取りこぼしがあって、後々戻《もど》ってくるようでは意味がなくなってしまうからだ。残ったからにはこちらの調査はやり遂げねばならない。そんな覚悟《かくご》を決めた灰色の騎士が、資料のページをめくろうとした、その時の事だった。

「なっ……!?」

灰色の騎士《きし》の視界の端《はし》に見えたものがあった。それは一人の女子高校生。太陽の光を浴びて虹色に輝《かがや》く、独特の髪の毛を持った少女だった。彼女はもう一人の少女――既に調査を終えた琴理――と一緒に高校の正門から出てきたところだ。灰色の騎士は直前まで柏木汐里の追跡《ついせき》調査をしていたので、彼女がそこに現れても別に不思議はない。だが灰色の騎士は彼女の姿を目にした途端《とたん》、しばらく言葉を失った。

『ナルちゃんはさ、コウ兄さんと一緒に何がしたい？』

『ずっと見ていたいです』

『それじゃあこれまでと同じじゃない？』

『………そ、それだけじゃなくて、もっとずっと近くで、その………それで出来ればコトリと同じくらい――』

『――見て貰《もら》いたい？』

『………は、はい………』

少女はもう一人の少女と何やらお喋りを続けている。だがもちろん、灰色の騎士が驚いたのはその会話の内容ではなかった。

「………ばっ、馬鹿《ばか》な………何故《なぜ》彼女《かのじょ》がこんな場所に居るのだ………!?」

灰色の騎士が驚いていたのは、彼女がこの場所に存在している事、それ自体だった。灰色の騎士は彼女を知っているし、孝太郎もまたそうであるのは分かっている。しかし調査の為《ため》の資料には彼女は載《の》っていない。彼女がここに居る筈はないので、最初から除外されていたのだ。それは世界の成り立ちを覆《くつがえ》すような出来事だったから。

「しかもどういう事なんだっ、全く力を感じないぞ⁉　まさか他人の空似という訳でもあるまいに⁉」

驚愕と焦り、困惑《こんわく》が入り混じった表情、そして声。この状況《じょうきょう》は灰色の騎士の想定外の出来事だった。想定する筈がないのだ。彼女がこの場所に居るだなどと。

「接触《せっしょく》してみるか？　い、いや、相手が相手だ……流石《さすが》に早計か……」

灰色の騎士は全力で頭を働かせていた。だが驚きのあまりに頭が上手《うま》く働かない。それ程までに彼女の登場は灰色の騎士を混乱させていた。

『じゃあ今度、コウ兄さんにお買い物に付き合って欲《ほ》しいってお願いするね。荷物持ちをして欲しいって言えば簡単だから』

『そんな恐《おそ》れ多《おお》い……』

『大丈夫大丈夫、私を信じて！　ねっ？』

『……はい。信じます』

二人の少女は呆然《ぼうぜん》と立ち尽《つ》くす灰色の騎士の視界をゆっくりと横切っていく。二人が灰色の騎士の存在に気付く事はなかった。そして結局、灰色の騎士は何もする事が出来ず、少女達が見えなくなるまでそこに立ち尽くしていた。

歓迎式典　九月五日(月)

　スピーチの原稿《げんこう》は何とか完成にこぎつけていたものの、歓迎式典の当日になるとナルファは酷《ひど》く緊張《きんちょう》してしまっていた。やはり自分一人で壇上《だんじょう》に立ってスピーチをするという状況に大きなプレッシャーを受けていたのだ。

「ナルファさん、凄《すご》い顔をしてるぞ。カチンコチンだ。わはははははっ」

「他人事《ひとごと》みたいに笑わないでください！」

「そんな事はない。大事な後輩《こうはい》が大舞台《おおぶたい》に挑《いど》むので心配している」

「その顔は嘘《うそ》ですっ！」

　孝太郎《こうたろう》はそんなナルファを心配して声をかけてみた訳なのだが、彼女には心の余裕がなく先程《さきほど》から同じ場所を行ったり来たりしていた。注意も散漫《さんまん》で何もない所で転びそうになったりしている。その姿は孝太郎に、地球へ来たばかりの頃の彼女の姿を思い起こさせた。

――――やっぱりナルファさんはナルファさんみたいだな……。

手のかかる妹が出来たような気がして、不思議とそれが嬉《うれ》しい孝太郎だった。ゆりかや早苗《さなえ》を見ているような気持ちになり、ついつい構いたくなってくるのだ。実際、今のナルファはゆりかや早苗が追い詰《つ》められた時と同じような状態にあった。

「青騎士《あおきし》二千年クッキングではいつもノリノリだろ」

「あれは一人じゃありませんし、みんなコータロー様を見てますから……ともかく助けて下さいぃぃぃ！」

「駄目駄目《だめだめ》。俺《おれ》は警備担当。ナルファさんや新しい留学生を守るのが仕事」

「そんな～、私だけを守って下さいよぉう！」

「警備の責任者がナルファさんと一緒に壇上に立っていたら大問題だぞ」

「その真面目なお仕事ぶりが、今はちょっぴり恨めしいです！」

身も蓋《ふた》もない言い方をすると、壇上に立って原稿を読んでくるだけなのだが、ナルファは初めての状況に完全に舞《ま》い上がってしまっている。いつものおっとりとした優しげな雰囲気は今の彼女からは感じられなかった。

「ナルちゃんふぁぁいおー！」

「コトリまで他人事みたいに！」

「この件に限っては完全に他人事だし。もうこのタイミングでは出来る事ないし」

ナルファの親友である琴理《ことり》は、とても楽しそうな様子でカメラを回している。これは歓迎式典の様子はもちろんの事、ナルファのスピーチや孝太郎達の警備の様子を撮影《さつえい》し、フォルトーゼで公開する為だ。要するにいつも通りの行動という訳だった。

「コトリの裏切り者！」

「コウ兄さんは？」

「コータロー様の真面目人間っ！」

「どうしてコウ兄さんだけ褒《ほ》めるのよ～！」

「だって～～～！」

ナルファの意識が琴理の方に移る。それを確認《かくにん》した孝太郎は自身の腕輪《うでわ》を操作して、仲間達に連絡《れんらく》をした。孝太郎が警備担当だというのは、ナルファに対する言い訳の方便という訳ではない。実際に歓迎式典の警備は孝太郎の仕事だった。


フォルトーゼからやってくる留学生の第二陣《じん》は、全体で千五百人を超《こ》えていた。その中で吉祥春風高校《きつしようはるかぜ》は二百人近い留学生を受け入れる。吉祥春風高校に多くの留学生が割り当てられているのは、吉祥春風市が留学生受け入れのモデル都市に指定されているからだ。日本には同様の特区が複数設定されており、それらの都市にはやはり同じように多くの留学生が割り当てられている。留学生の第一陣が上手く馴染《なじ》む事が出来た都市に、第二陣を多めに配置した格好だった。その意味においては吉祥春風市、特に吉祥春風高校は上手くやったと言えるだろう。

「ティア、そっちの状況は?」

『そろそろ体育館に留学生が入場する時間じゃから、無人機を出して警戒《けいかい》に当たらせておるのじゃが……まあ、天気の良い穏《おだ》やかな昼下がりといったところじゃ』

『不審《ふしん》な電波や重力波も観測されておりません。通信波に対する妨害《ぼうがい》等もありません。今のところは危険はないと思われます』

吉祥春風高校が成功した理由は、ナルファが人格的に優《すぐ》れていたという点が大きいのだが、実は同じくらいティアとルースの存在が影響《えいきよう》していた。ナルファが来るのと同時にティアとルースは出身を明らかにした。彼女達《かのじよたち》は既に二年間、吉祥春風高校で暮らしていたので、生徒達にはフォルトーゼ人に対する免疫《めんえき》が出来ていた。『ああ、あの二人の故郷からまた一人来るんだ』というのが多くの生徒達の反応だった。

ちなみに式典の警備における二人の担当は早期警戒だ。無人機やセンサー類を駆使《くし》していち早く敵の接近や攻撃《こうげき》を察知するのが仕事だった。

「ネフィルフォランさん、そちらはいかがですか？」

『空挺部隊《くうていぶたい》は既に所定の位置で待機中。異常があれば直ちに降下できます』

『ただし連隊長は里見《さとみ》さんに敬語を使われるのが不満みたいです』

『ちょっ⁉　副長っ⁉』

ネフィルフォランとナナは今、仲間の部隊を率いて吉祥春風市の上空で待機中だった。この上空に待機している部隊は、ネフィルフォラン連隊の中でも屈指《くっし》の精鋭《せいえい》である空挺部隊だ。彼女らは敵地に直接降下したり、敵の宇宙船に突入《とつにゅう》したりという危険な任務を専門としている。この日の任務では、彼女らは部隊の展開速度を買われ、敵の攻撃があった場合にすぐさまその場所へ降下して敵の行動を邪魔《じゃま》する事が期待されている。そうして彼女らが稼《かせ》いだ時間を使って通常部隊が移動、敵を鎮圧《ちんあつ》する。ティア達が敵を見付けた場合には彼らが動き出す格好だ。彼らの仕事は広域の初動対応という非常に重要で危険な任務だった。

「体育館チームは？」

『えっとねー、ダイジョブ！』

『ちょっと「早苗ちゃん」、もっとちゃんと報告しないと』

『ここはあたしが。あたし達と埴輪《はにわ》ちゃん達で協力して見張ってるけど、あいつらの気配は感じないよ』

『流石「お姉ちゃん」、ちゃんと報告出来てる！』

『出来てる………かなぁ？』

『出来てるホ！』

『おいら達が姐御《あねご》のところにデータを届けてるホ！』

『そんな訳でねー、ダイジョブ！』

『………里見君、ゆりかが定期的に確認してくれているけれど、体育館の周囲二百五十メートル以内には魔力《まりょく》の反応なし』

『大魔《ま》法使《ほうつか》いが相手だとぉ、ちょっと不安なんですけれどぉ………』

『おじさまがそれでも匂《にお》いは誤魔《ごま》化《か》せないから心配するなって言ってるわ』

『………本当ですかぁ？』

『おじさまがね、ゆりかの身体からシーフードカレーのカップ麺《めん》の匂いがしてる、って言ってるけど』

『分かりましたっ！　信じますからもうやめて下さいぃ！』

　現場の体育館を直接守っているのが三人の早苗と、ゆりかと真希《まき》、静香《しずか》の六人。パワーと対応力を最大限に高める組み合わせだ。そして敵が物量で攻撃してきた場合に備えて、サンレンジャーと黒服が体育館の外で待機中だ。それらとは別に、通常の警備も行われている。このように式典の会場である体育館は幾重《いくえ》にも守られていて、大規模な攻撃でもない限りは留学生達を守り切れる筈だった。

「キリハさん、そっちはどうなってる？」

『ギリギリだが、追加の来賓《らいひん》全員の身元の確認が取れた。敵のスパイはいないと考えて良いだろう』

「クラン、お前の方は？」

『軌道《きどう》上には重力波反応なし、高エネルギー反応もなし。………やっぱりラルグウィンの一派はフォルトーゼへ帰ったのではありませんの？』

　ネフィルフォランの空挺部隊よりも更に上、軌道上の『朧月《ろうげつ》』にはキリハとクランの姿があった。キリハはそこから全体の指揮を、クランは全体のバックアップをしている。また彼女達は余力で参加者の身元を洗ったりという、情報収集も行っている。刻々と変わる全体の状況に対応していくのが彼女達の仕事だった。

「そう願いたいな。騒動《そうどう》なんてない方が良い。特にこういう状況だからな」

「……心配なのはむしろ地球人かもしれませんね」

晴海《はるみ》はそう言って悲しげに眉《まゆ》を寄せる。フォルトーゼ人――――つまり宇宙人に対する感情的な反発は根強い。特に過去のＵＦＯ騒動とフォルトーゼ人を絡《から》めて非難する者は少なくなかった。日本政府とフォルトーゼ政府が共同でデマだと発表したにもかかわらずだ。だから留学生第二陣の到着《とうちゃく》に合わせて、海外から入国しようとした政治活動家はとても多かった。一般的《いっぱんてき》に、どの国でも法律上は外国人の政治活動は認められていないので、彼らは入国拒否《きょひ》となったが、日本国内にも活動家は少なくない。また日本だけがフォルトーゼの窓口になっている事に不満を持つ国が、そうした活動家に協力しているという未確認《みかくにん》情報もある。残念ながら、騒動の種は日本側にも存在しているのだった。

「俺達《おれたち》――――吉祥春風《きっしょうはるかぜ》市民は幸運だったんでしょうね。最初に出会ったフォルトーゼ人がティアとルースさんだった」

ティアとルースのおかげで、孝太郎はフォルトーゼ人も血の通った人間であると理解する事が出来た。吉祥春風高校の人間もそう、二人と会った事がある町の人々もそう。だから彼らはフォルトーゼ人を恐れなかった。留学生を明るく迎《むか》える事が出来たのだ。

「そうですね、そう思います」

晴海の考えも孝太郎と同じだった。人は未知の存在を恐れる。だがティアとルースを知っている者にとっては、フォルトーゼ人は未知の存在ではない。だから人々の恐怖《きょうふ》が連鎖《れんさ》せず、そこで止まる。ティアとルースの存在は、恐怖に対抗《たいこう》するワクチンのように働いていたのだ。

『わらわは逆じゃ。この状況になってゾッとしておる』

「どういう事だ？」

『そなたと出逢ったばかりの頃に、この星の人間を一人でも殺してしまっておったら、果たしてどうなっておったか……想像するだに恐ろしい……』

ティアはこの言葉を口にする時、本当にゾッとして身震《みぶる》いしていた。当初のティアは地球の人間を見下し原始人扱《あつか》いしていた。その命を大切にする気持ちも無かった。大量破壊《はかい》兵器を使いかけた事さえあったのだ。今にして思えばとても危ない状況だった。仮にその時にティアが何か大事件を起こしていたら、今の日本とフォルトーゼの関係は滅茶苦茶《めちゃくちゃ》だったに違《ちが》いないだろう。

「そこはルースさんに感謝だな、俺にとっても、ティアにとっても。ルースさんが居なかったらとんでもない事になってただろう」

『わたくしの存在など……ただ護衛官の任務を全《まっと》うしただけでございます』

『謙遜《けんそん》する事はない。そなたがおらねば、わらわは誰かを傷付けたじゃろう。本当に感謝しておる』

「同感だ。俺はきっとティアを本気で殴《なぐ》ってた」

感情的になり易《やす》い孝太郎とティアの間に、常識人のルースが挟まっていたおかげで多くのトラブルが回避《かいひ》された。二人の『ルースさんの顔を立てる』や『幼馴染のルースがそう言うなら』という感情が、地球の平和を辛《かろ》うじて守り切ったのだ。

『そなたは今も本気でわらわを殴るじゃろ』

「それは意味が違うだろ。分かってて言ってるだろ、お前」

『うむ。今は本気で相手をしてくれておるだけじゃ』

『ふふふふっ、おやかたさまと殿下《でんか》のキューピッドになれたという点に関しては、誇《ほこ》らしく思っております』

ルースの視点で言うと、ティアにブレーキをかける役目は、完全に果たした自信はなかった。だがティアと孝太郎の間を取り持つという事に関しては、上手くやった自信があった。ティアにとって最高の味方をいち早く見付け出し、その関係が壊《こわ》れないように守り切った。それが本当にティアの為だけだったかと言われるとそうでもない訳なのだが、今のティアと孝太郎の非常に良好な関係は、ルースの誇りだった。

「………話が脱線《だっせん》してるぞ。仕事仕事」

『おほっ、また話を逸ら………いや、そうじゃな、仕事に戻るとしよう』

『はい、それが宜《よろ》しいかと』

この時の孝太郎の思惑《おもわく》はどうあれ、ティアとルースはこれまでの歩みを無駄《むだ》にするつもりはなかった。孝太郎を大切に思うなら、なおの事そうだろう。孝太郎と共に歩み続けたいから、孝太郎が命懸《いのちが》けで守ってきたものを守りたい二人なのだった。


留学生の歓迎式典は順調に進んでいた。反面、孝太郎達《たち》にとっては気を抜《ぬ》けない時間が続いていた。だが孝太郎が一番気を抜けなかったのは、敵ではなくナルファだった。ナルファは壇上に上がる際に一度、上がった後に一度、何もない場所で転びかけた。やはり彼《かの》女《じょ》はとてつもなく緊張していたのだ。孝太郎は二度とも助けに行こうとして、途中《とちゅう》でグッと我慢《がまん》。転びはしなかったので助ける必要はなかったのだが、これまでの彼女を知っているだけに孝太郎は反射的に助けたくなるのだ。そんな孝太郎の様子を近くに居た晴海が楽しそうに見守っていたが、孝太郎はそれには最後まで気付かなかった。

『新しい留学生の皆《みな》さん、ようこそ吉祥春風《きつしようはるかぜ》高校へ！　私はナルファ・ラウレーン。皆さんと同じフォルトーゼからの留学生です。私は今年の四月から、この高校のお世話になっています』

ナルファのスピーチは事前に作った台本を読み上げるだけだ。緊張してそれ以上の事は出来ないのだ。表情はカチコチで、声も同じくらい硬《かた》い。ナルファはちゃんと最後まで読み上げられるだろうかと、孝太郎はうろうろしながら心配そうに見守っていた。

――里見君があぁしているうちは、私が他を頑張ろう……。

晴海は小さく笑うと、いくつか魔法《まほう》を発動させて周囲の警戒を強めた。孝太郎がナルファを心配して注目しているなら、ナルファを孝太郎に任せ、晴海が他の警戒にあたれば効率が良い。不幸にしてナルファもテロ攻撃の対象になり易いので、孝太郎が見守っているならそれはそれで良かったのだ。

『――皆さんも既《すで》に感じ始めているかもしれませんが、この星は驚《おどろ》きと不思議でいっぱいです。今この瞬間《しゅんかん》へ至るまでの歴史がフォルトーゼとは全く違っているので、考え方や社会の仕組みが異なっています。そういう点に触《ふ》れていくだけでも、とても有意義な日々を送れると思います。私も実際にそうでした……というか、今も日々、驚きと不思議に遭遇《そうぐう》し続けています』

ナルファは途中何度かつっかえそうになりながらも、何とかスピーチを続けていく。孝太郎はその様子をハラハラしながら見守っていた。

「落ち着け、落ち着け……そこはちょっと長いから、一度呼吸を……そうそう、それでいい！」

孝太郎はスピーチを作るのを手伝ったし、練習にも付き合った。だからスピーチの内容はナルファと同じくらい知っていた。それだけにナルファがつっかえそうになると他の者以上にハラハラする孝太郎だった。

――里見君はきっと、私の事もああいう風に見ていてくれたんだろうな……。

孝太郎がナルファを心配している姿を見て、晴海はそんな事を思う。かつての晴海は内向的で頼《たよ》りなかった。だから孝太郎が晴海に向ける視線も――先輩《せんぱい》だからという視線もあるので多少の違いはあれど――似たようなものだった筈《はず》だ。それを客観的に見る事が出来て嬉しい晴海だった。

『――とまあ、前置きはこのくらいにしておこうと思います。皆さんには実際に体験して頂くのが一番だと思いますから。この地球、そして日本での生活を存分に楽しんで下さい。ようこそ吉祥春風高校へ！　私達《たち》在校生は皆さんを歓迎《かんげい》します！　私達と一緒《いっしょ》に素晴《すば》らしい生活を作り上げていきましょう！』

ナルファのスピーチは何分もかからなかった。出来るだけ目立ちたくないナルファはスピーチを必要最低限の長さにまとめたのだ。これは校長のあいさつの何分の一かの長さであり、結果的に在校生・留学生双方《そうほう》に好評だった。

「やれやれ、無事に終わってくれたか……」

「里見君、なんだかナルファさんのお父さんみたいですね」

「手のかかる娘《むすめ》で」

「あはは、羨《うらや》ましいです、そういうの」

晴海がそうやって笑った、その時の事だった。沢山《たくさん》の拍手《はくしゅ》に送られて、ナルファが壇上から戻ってきた。緊張する状況を上手く乗り切った彼女は、舞台《ぶたい》の袖《そで》で孝太郎達の姿を見付けると安堵《あんど》の息を漏《も》らした。

「はぁ〜〜〜、終わったぁ〜〜〜」

ナルファの安堵は深い。息を沢山吐《たくさんは》き、肩を窄めている彼女は普段《ふだん》よりも一回り小さく見える。それくらい壇上では緊張していたのだ。

「お疲《つか》れさん」

孝太郎はナルファを労《ねぎら》いながら飲料水のボトルを手渡《てわた》す。そんな孝太郎もまたどことなく安堵しているように見える。スピーチが無事に終わって安堵しているのはナルファだけではないのだ。

「ありがとうございます、コータロー様」

「頑張ったな、上出来だよ」

「ありがとうございます。………凄く緊張しました………」

ナルファは二度目の礼を口にすると、ようやく笑顔《えがお》を覗《のぞ》かせた。もうこりごりです、それはそんな笑顔だった。

「君なら大丈夫だって言ったろ」

「はい。そのお言葉を信じて頑張りました」

「ナルファさんの役目はこれで終わりだ。しばらくゆっくりしてるといい」

「はい、そうさせていただきます」

表情が緩《ゆる》んだナルファとは逆に、孝太郎は再び表情を引き締《し》めた。孝太郎の役目はまだ終わっていない。ラルグウィン一派の残存勢力や、地球の過激派が攻撃してくる可能性は依然《いぜん》としてあるのだ。ナルファのスピーチが終わったからといって、式典の警備を緩める訳にはいかなかった。

「では、偽《にせ》里見君はお役御免《ごめん》ですね」

孝太郎の気配が変わったのを感じて、晴海は自分の顔の横で軽く指を動かす。すると体育館を歩き回らせていた孝太郎の姿をした幻影《げんえい》が消滅《しょうめつ》する。その幻影は、孝太郎の注意がスピーチ中のナルファに向いていたので、念《ねん》の為に晴海が用意した陽動役だった。身代わりでもいいし、敵を警戒させるのでもいい。偽物《にせもの》の存在で時間を稼ぐのが狙《ねら》いだった。

「いやはや……申し訳ありません、桜庭《さくらば》先輩」

今になってみると孝太郎にも自分が警備をおろそかにしていた事が分かった。だから孝太郎は素直《すなお》に晴海に詫《わ》びる。孝太郎の代わりに晴海が頑張ってくれていた事は明らかだったから。

「いいえ、そういう部分も里見君らしくて、私は好きです」

孝太郎が友達の晴れ舞台に何も感じず、完璧《かんぺき》に警備をこなしたとしたら――それは晴海にとって少しだけ寂《さび》しい事だ。孝太郎にはずっと孝太郎のままでいて欲しい。それが晴海の、そしてアライアの願い。その孝太郎に何か不足があるのなら、それを補う事こそが自分の役割である――晴海はそう自認《じにん》していた。だからこの時の晴海の言葉は真実だった。

「……そういう事を真顔で言われると困るんですが……」

「そ、そうでした。しばらく、わ、忘れていて下さい……」

晴海とアライア、二人は同じ魂《たましい》を持つが、異なる心と人生を持っている。だから時折無意識に飛び出すアライア的な言葉が、晴海にとっては率直《そっちょく》過ぎるものである場合もある。

今がまさにそうで、晴海はそれまでの余裕《よゆう》が嘘《うそ》のように、俯《うつむ》いて照れていた。

スピーチをするナルファに特別な視線を送っていたのは孝太郎だけではなかった。そこにはもう一人、ナルファに特別な視線を送る者がいた。それは灰色の騎士だった。

「まさかナルファラウレーンが無力な高校生で、しかも留学生にスピーチとは……この世界は一体どうなっているのだ………？」

だがその視線に宿る感情には大きな違いがあった。その視線には友人を見守る優しさはない。そしてナルファの姿を見ているというより、彼の目的を達する為に謎《なぞ》の答えを探し続ける視線だった。

「………しかしかなり分かって来た。彼女が青騎士《あおきし》にそう望まれたのか、それとも他に何か事情があったのか………それは分からないが、彼女が無力な人間としてここに存在しているなら、シグナルティンが真の力を発揮していない理由にはなる」

これまで灰色の騎士はナルファと周囲の人間達の観察を続けてきた。やはりナルファからは全く力を感じなかった。そして九人の少女達は剣《けん》との契約《けいやく》の影響で大きく力を増していた。しかし全員の力を合計しても、真なる王権の剣が本来備えている筈の力には遠く及ばない。だが真なる王権の剣の性質上、本来の力が失われたとは考え難《にく》い。加えてナルファ自身も無力である状況からすると、力が休眠《きゅうみん》状態であるか、他の場所に分離《ぶんり》して存在している筈だった。灰色の騎士が慎重《しんちょう》に観察を続けた結果、既にその辺りの事までは調べがついていた。

「では果たして彼女は、緊急《きんきゅう》事態でも無力なままなのか……そろそろ確かめてみるべきだろう」

青騎士《あおきし》とシグナルティン、それを取り巻く少女達。何故《なぜ》か無力なナルファ。それらを慎重に観察し続けた灰色の騎士は、遂《つい》に行動を起こす事に決めた。確かめるべきは本来の剣の力がどこにあるのか、そしてそれが解放される条件。真なる王権の剣が本来の力を解放しない限り、彼の目的は達せられない。本来はもう少し慎重に調べるべきなのだが、孝太郎達のフォルトーゼ行きが迫《せま》っているので、多少のリスクを覚悟の上で行動を起こす必要があった。

留学生達の歓迎式典が終わると、ナルファは帰宅の途《と》についた。この日は式典しか行われないので、もうやるべき事は残っていなかった。ちなみに孝太郎達はまだ役目があるので高校に留《とど》まっていた。

「それにしても……去年までとは全然違う生活になってきてるよな」

賢治《けんじ》は小さく笑いながらそう言った。去年までの吉祥春風《きっしょうはるかぜ》高校はただの地方の公立高校だったが、今は宇宙外交の最前線だ。それに伴《ともな》い高校の組織構造も大きく変わった。かつては校長と副校長は生徒達をただ優しく見守っていたのだが、今の彼らは日本全国を忙《いそが》しく走り回っている。先日は軌道上に停泊《ていはく》中のフォルトーゼの外交使節団の特務艦《とくむかん》で、フォルトーゼの要人と会談までしたとかいう話だった。

「あそこに宇宙船があるのが普通《ふつう》になったもんね」

琴理も賢治の言葉に同意する。吉祥春風高校はその中身だけでなく、見た目も大きく変わった。新たな校舎や留学生用の寮《りょう》が建てられ、これまでの倍以上の建物が立ち並ぶようになった。また琴理が言っているように、小型の宇宙船が降りられる、小さ目の宇宙港さえあるのだ。琴理達から見える範囲《はんい》だけでもこれだけの変化がある。実際の変化はそれ以上だ。賢治が言う通り、吉祥春風高校の生徒達は去年までとは全く違う生活を送る様になっていた。

「私はあんな風に人前に立つとは思いませんでした」

ナルファが感じる大きな変化はごくごく個人的なものだった。昔から彼女は何かを見る側にいた。それが地球へやって来て動画の撮影――――自分が見ているものを他人にも見せるようになり、そして今日、遂に自分自身が見られる側に回った。少し前までのナルファの生活とは何もかもが違っている。他人からするとどうでも良い事なのかもしれないが、彼女にとっては驚きの変化だった。

「ナルちゃん、その辺の事を言い出すとさ、私は異星人の友達が出来るとは思ってなかったよ」

「あははは っ、私もです」

ナルファと琴理は顔を見合わせて笑い合う。そう、二人にとってはそれが一番大きな変化だったかもしれない。別の星の人間と友達になる、それは個人的な事でありながら、宇宙的に見ても非常に大きな意味がある出来事と言えるだろう。

「俺の場合は、フォルトーゼが存在していたおかげで演劇で主役をやったんだ」

「ああそうか、そういえばそうよね、兄さん」

一昨年と去年の演劇の台本は、ティアがフォルトーゼの伝説を参考に書いたものだ。つまりフォルトーゼがあったからこその演劇なので、去年賢治がその主役に抜擢《ばってき》されたのもフォルトーゼのおかげと言えなくもなかった。

「お姫様《ひめさま》が桜庭先輩じゃなかったのは残念だが……」

「兄さんっ、何で最後まで素敵《すてき》な話に出来ないんですかっ！」

「す、すまん、つい……」

「ふふふっ、仲良しですね、コトリとケンジは」

変わったといえば琴理と賢治の関係もそうだろう。今年、琴理が吉祥春風《きつしようはるかぜ》高校に入学してきた事で、琴理の心の中での賢治の地位が失墜《しつつい》した。賢治がひた隠《かく》しにしていた女性問題を琴理に知られてしまったのだ。それを琴理が心理的に成長して視野が広がったせいだと考えると、これもナルファと友達になったおかげと言えなくもないだろう。

「去年までは、自慢《じまん》の兄さんだったのに……まさかこんな人だったなんて……」

「琴理、流石にこんな人って言い方はないだろう！」

「そう言われたくなければ次々と交際相手を変えるのを止めて下さい！」

「それには深い訳があるんだ！」

「ふふふ……」

言い合いを始めた二人をナルファは楽しそうに見守っている。ナルファにも兄がいるので、こうした言い争いは経験がある。ナルファが地球行きを決めた時にも結構な騒動になった。

『止《よ》すんだナルファ！　お前にはまだ早い！』

『海外留学には遅《おそ》いくらいです』

『そういう事を言っているんじゃない！　お前一人でやっていけるとは到底《とうてい》思えないから言っているんだ！　ただただ危ない！』

『お兄様は昔から過保護過ぎます！』

『お前は自分がまるで見えていない！　下手をしたら死ぬぞ！』

ナルファの兄・ディーンソルドは、彼女の日本留学に大反対した。昔から危なっかしいナルファを守って来たのは彼《かれ》だ。そんな彼なので、ナルファが一人で地球暮らしをするなどという事は想像もできなかった。

――結局、お兄様の言う通りだった……コータロー様には何度もご迷惑《めいわく》をおかけしてしまって……でも、地球に来て良かったなぁ………。

今にして思えば、ディーンソルドが正しかった。ナルファは一人でやっていける程《ほど》大人ではなかった。それでもナルファは地球へ来た事自体は間違《まちが》っていないと感じていた。琴理を始めとする、多くの出会いに恵《めぐ》まれたからだった。

――それに私がもっとしっかりしていたら、コータロー様はきっと私をただの留学生としてしか見なかった筈。すると私はコータロー様の英雄《えいゆう》ではない部分を知る事は出来なかった。それだけは、本当はこういう風に思っちゃいけないんだろうけど、良かったんじゃないかなぁ……。

孝太郎がナルファに注意を向けたのは、やはり彼女が危なっかしいからだった。そうでなければ他の留学生や吉祥春風《きつしようはるかぜ》高校の在校生と同じ扱いだった筈だ。そうならなかった事を今のナルファは幸福だと思っている。だがそれは孝太郎に迷惑をかけた結果だと言う事も出来るので、ナルファとしては諸手《もろて》を挙げて喜べないのが残念だった。

「それにどうして俺だけを責めるんだ⁉　コウだって似たようなもんだろう‼」

「コウ兄さんは手当《てあ》たり次第《しだい》じゃありません！　皆さんに待って貰《もら》って、ちゃんと一人を選ぼうと頑張《がんば》っています！」

「どっからどう見ても全員と付き合ってるだろう⁉」

「そう見えるのは兄さんの目が穢《けが》れているからです！　コウ兄さんはちゃんと最後の一線は守っています！」

生まれた星が違っても、兄と妹の関係は同じであるらしい――――琴理と賢治を見ていると、ナルファはそれを強く感じる。そしてだからこそ思う。故郷の兄は、今頃《いまごろ》何をしているのだろうかと。すぐ傍《そば》に居ていつでも会えるという事がどれだけ素晴らしいのか、それを改めて感じるナルファだった。

――あれ……？　なんだろう、この……ザワザワした感じ……？

その直後の事だった。ナルファは何かの気配を感じて立ち止まった。そしてその気配の源を探して、きょろきょろと周囲に視線を巡《めぐ》らせる。すると彼女の目に、通学路の途中にある河川敷《かせんしき》が映った。その瞬間、ナルファは全身の毛が逆立つような感覚を覚えた。そこに何かあるのだ。彼女の心をざわつかせる、何かが。

「……どうしたんだ、ナルファさん」

「ナルちゃん、顔が真っ青よ？」

「変です……何かが……」

賢治と琴理がナルファが急に立ち止まった事に気付き、引き返してくる。そしてナルファのただならぬ様子に心配そうな表情を作った。

「あれは⁉」

そしてナルファは見付けた。ナルファ達の進行方向上、河川敷にある遊歩道。これまで誰《だれ》も居なかった筈のその場所に、灰色のフードを被《かぶ》った何者かが染《し》み出るようにして姿を現した。それと同時にナルファが感じている奇妙《きみよう》な気配が強まったように感じられた。それによってナルファは確信した。この落ち着かない気配は、目の前のこの人物が発しているものなのだ、と。

「……コトリ、ケンジ、戻《もど》りましょう」

「えっ?」

「どういう事なんだい?」

「あれは……何か、得体の知れない……敵、そう、敵です!」

ナルファは険しい視線をその人物に向ける。ナルファにはそれが誰なのかが分かっている訳ではない。フードの下にある顔は想像も付かない。だが感じるのだ。その人物が帯びた力が、非常に危険であると。自分とは相容《あいい》れない、何かであると。

「どういう事⁉ って、あっ⁉」

「……琴理、下がれ!」

ここで琴理と賢治もその存在に気付いた。琴理はただ謎の人物が現れたと思っただけだったが、賢治の場合は不審者《ふしんしゃ》だと感じて琴理とナルファを守る意識が働いた。この差はやはり兄としての自覚の表れだろう。

「ホウ、それを感じ取る事は出来るのか」

灰色のフードの男――――灰色の騎士《きし》はナルファとは反対に、むしろ肯定的《こうていてき》な感情を示していた。ナルファが灰色の騎士から危険を感じ取っているのならば、完全に彼女の力が失われているという訳ではないという事になる。危険を感じ取る為《ため》に必要な力は残されているという事だからだ。そうする必要があったという事は、彼女が力を取り戻す方法もあるかもしれない。それは彼の目的を達する為に必要な事だった。

「……あ、あなたは誰ですか？」

「誰でもない。だが、灰色の騎士と呼ばれている」

灰色、混沌《こんとん》の力を操《あやつ》る彼が誰であるのかを問うのは適切ではないだろう。だが目的を達する為の過程で、識別の為の名前は必要になる。会話や作戦立案には名前が必要なのだ。彼はそれを理解していたから、かつて誰かが口にした灰色の騎士という呼称《こしょう》を受け入れ、自らもそう名乗る様にしていた。

「あなたが⁉」

おかげでナルファもその一言で理解する事が出来た。孝太郎と皇家の敵の中で、一番厄《やっ》介《かい》な男が姿を現したのだと。

「……私を殺しに来たんですか？」

「このままならそうなるな」

その言葉と同時に灰色の騎士は歩き始め、ナルファとの距離《きょり》が詰《つ》まり始める。またそうしながら灰色の騎士は剣を抜いた。その形は伝統的なフォルトーゼの騎士剣《きしけん》。だが刀身はくすんでいて輝《かがや》きはない。それでいて手入れが行き届いていないという訳でもない。どちらかというと光を放っていないという表現が正しいかもしれない。おかげで刀身の形がはっきりとは見えていなかった。

――あの剣は……私、あの剣を知ってる……。

ナルファが灰色の騎士の剣を初めて見た時から、彼女はその剣から目を離《はな》す事が出来なくなった。ナルファはその剣に見覚えがあった。だが何時、何処《どこ》で見たのかが思い出せない。ナルファは剣を凝視《ぎょうし》したまま立ち尽《つ》くすしかなかった。

「……この剣にも反応あり、か……少しずつシルエットが見えてきている……」

「何をぶつぶつ言っている！　そこで止まれ！」

そんな時だった。拳銃《けんじゅう》を構えた六人の黒服の男達がナルファを守る様に灰色の騎士の前に立ち塞《ふさ》がった。彼らはずっと陰《かげ》からナルファを守っていた護衛チーム。所属はサンレンジャーと同じ、政府の対侵略者《しんりゃくしゃ》部門。彼らはまだ気付いていなかったが、彼らは今初めて真の意味で侵略者と対峙《たいじ》する事となっていた。

「我々は発砲《はっぽう》を許可されている！　それ以上彼女に近付くと発砲するぞ！」

「……では、この状況《じょうきょう》にはどう反応するかな？」

「駄目《だめ》です！　皆さん逃《に》げて！」

「えっ？」

「……………こちらの力の高まりを感じ取っているのか………」

ザンッ

灰色の騎士は黒服達とはまだ距離があるにもかかわらず、大きく剣を振《ふ》った。その姿には型も技術もない。そして剣の切っ先が描《えが》いた曲線がそのまま何かのエネルギー波となって黒服達《たち》に襲《おそ》い掛《か》かった。

「対エネルギー防御《ぼうぎょ》！」

六人の黒服のうち、一番体格が良い男が大きな盾《たて》を取り出して前に進み出た。そして飛来したエネルギー波を盾で受け止める。すると盾に内蔵された装置が働き、飛来したエネルギー波を掻《か》き消す。おかげで六人は無傷だった。

「ホウ、政府も無策ではなかったか」

大柄《おおがら》の黒服が使ったのは、カラマやコラマに備わっているものと同じ、霊子力《れいしりょく》フィールド発生装置だ。もちろん技術的にはかなり劣《おと》っていて、埴輪《はにわ》達に備わっているもののように小型化は出来ていない。だが大型である事を逆手に取って、フィールド自体を高出力化し、バッテリーも大容量のものを採用している。結果的に装置は数倍の大きさに膨《ふく》れ上がったが、埴輪達よりも強力なフィールドを張る事が出来る。灰色の騎士の一撃《いちげき》を防げたのはそのおかげだった。

「隊長！」

盾を使った黒服は、護衛チームの隊長にあるデータを送った。それをサングラスに内蔵されたモニターで確認《かくにん》した隊長は即座《そくざ》に決断した。

「……撤退《てったい》する！　ナルファさん、お友達と一緒に我々の背後に！」

データは盾のバッテリー残量に関するものだった。実はあの一撃を防ぐのに、霊子力バッテリーに蓄《たくわ》えられたエネルギーの半分近くを費やしていた。つまり灰色の騎士の攻撃を防げるのはあと一度か二度。このまま戦闘《せんとう》をする事は任務の失敗を意味していた。だから隊長は素早《すばや》く撤退を決断したのだ。

「それでは皆さんが危険過ぎます！」

「それが我々の任務です！　気にせず行って下さい、お友達の為にも！」

だが撤退と言っても厳密には黒服達の撤退ではない。ナルファ達を撤退させる為に、黒服達は盾になるつもりでいる。自分達が逃げられない事は既に覚悟《かくご》の上だった。

「……お願いします！」

ナルファには黒服達を犠牲《ぎせい》にして逃げるつもりなどなかった。だが琴理と賢治の為と言われてしまえば、そうも言っていられなかった。二人を死なせてしまったら、悔《く》やんでも悔み切れない。ナルファは後《うし》ろ髪《がみ》を引かれる思いで黒服達に背を向けた。

「……………練度が高く、隊長の判断も良い。戦場では一番会いたくないタイプだな」

「一斉射撃《いっせいしゃげき》！　奴《やつ》をナルファさん達に近付けるな！」

既に灰色の騎士からは一度攻撃《こうげき》を受けている。銃《じゅう》の使用規定に照らし合わせると、十分に使用の条件を満たしていた。黒服達は熟練を感じさせる流れるような動作で大型の拳銃を構えると、灰色の騎士に向かって射撃《しゃげき》を始めた。

「………フォルトーゼ側と思《おぼ》しき敵に向かって拳銃とは一見愚策《ぐさく》に見えるが、なかなかどうして対策はしてある訳か………」

彼らはあくまで護衛のチームなので、アサルトライフルのような比較的《ひかくてき》大型の銃を使う訳にはいかない。ホルスターに拳銃、スーツケースにサブマシンガン辺りが限界だろう。そうなると使っている弾《たま》が問題になるが、彼らが使っているのは霊子力弾。金属製の弾なのだが、弾頭《だんとう》部分に霊力《れいりょく》が込《こ》められており、何らかの手段で防御されても霊力だけが防御を擦《す》り抜けて命中する。技術的には霊力だけを飛ばすところまで至っていないのだが、おかげで銃弾《じゅうだん》そのものの打撃《だげき》にも期待できる。霊力と物理打撃が半々になっている銃弾だと考えて差し支《つか》えないだろう。これは灰色の騎士に対してもある程度の効果があった。

ガッ、ガガガガッ

「効いてる⁉」

「撃《う》ち続けろ！　あの三人を何とか逃がすんだ！」

灰色の騎士は身体の前面に霊力の盾を作り出して銃弾を防いでいたので、倒《たお》すところまでは至らない。だが霊力が込められた銃弾の雨が霊力の盾に負荷《ふか》をかけ、灰色の騎士が前進する速度を落としている。黒服達としては、このまま射撃を続けてナルファ達が逃げる時間を稼《かせ》ぎたいところだった。

「……………時間をかける訳にはいかないな………」

ナルファ達は既に二十メートルほど先に逃げている。灰色の騎士には確かめたい事があるので、このまま逃げられてしまう訳にはいかなかった。

「仕方あるまい」

灰色の騎士は剣に意識を集中させる。すると灰色の何かが剣を取り巻き、徐々《じょじょ》にその姿を隠していった。

「隊長、敵に動きが！」

「何をするつもりか分からんが、攻撃《こうげき》であると考えるべきだ！　対エネルギー防御！」

「了解《りょうかい》！」

再び大柄の黒服が盾を構えて進み出る。対応は素早い。訓練で何度も繰《く》り返した動きなので迷いはなかった。

「対応は間違っていないが、残念ながらそれでは防げん」

灰色の騎士は大きく剣を振った。すると剣にまとわりついていた灰色の何かが一気に拡散していく。そして灰色の何かは、包《つつ》み込むようにして黒服達に襲い掛かった。

「盾を迂回《うかい》して!?」

「ガスか何かか!?　全員息を止めろ！」

「は、はいっ！」

「それも間違いではないが……完全に防ぐには王権の剣が必要だ」

有害なガスによる攻撃と判断して部下に息を止めるよう指示した隊長の判断は正しい。もし息を止めなかったら灰色の何かを肺から吸収してこの時点で決着が付いていた。しかしそれでも完全に防ぐには至らない。灰色の何かは皮膚《ひふ》の表面からも吸収される。結果的に息を止めた事は数秒の遅延《ちえん》にしかならなかった。

「うっ、うぐぅっ」

黒服達が次々と倒れていく。正しい対応を行ってなお、及《およ》ばなかった。彼らの責任ではない。相手が悪かったのだ。だがその苦労は報《むく》われようとしていた。

――よし、そのまま茂《しげ》みの向こうへ……それで回収用の車両ま……で……。

徐々に薄《うす》れていく意識の中で、黒服の隊長はナルファ達の後姿を目で追っていた。逃げたナルファ達は河川敷にある大きな茂みの近くに差し掛かっていた。その陰には黒服達の味方の車が来ている筈だ。今から灰色の騎士が後を追っても三人が車に乗るのを止められない。つまりあと少しで、黒服達はナルファを守るという任務に成功するという事なのだった。

「実に見事だ。それに免《めん》じて見逃《みのが》してやりたいところだが、そうもいかん」

ザッ

灰色の騎士はいつの間にか黒服達の傍までやってきていた。そして手にしている剣を振りかぶり、言った。

「止まれ、ナルファ・ラウレーン。それ以上進めばこいつらを殺すぞ」

それがナルファの耳に届いたのは角を曲がろうとした、まさにその時の事だった。反射的にナルファの足が止まり、彼女は背後を振り返った。

「黒服の皆さんがっ⁉」

「どちらでもいい。お前が選べ。こいつらを助けるか、それとも見捨てて逃げるかを」

灰色の騎士はこの時点では本当にどちらでも良いと思っていた。本気で追えば逃がさない自信があったのも確かなのだが、ナルファ・ラウレーンが人を見捨てるという事がどういう意味を持つのかをよく知っていたのだ。

「……私が戻ればその人達を助けてくれるんですか？」

ナルファの身体は恐怖《きょうふ》に震《ふる》えていた。だがその言葉はまだ震えていない。黒服達の命を救わんとする強い意志が、彼女を支えていた。

「い、いけない、お嬢《じょう》さん……にげ……」

「こう見えて俺《おれ》も騎士だ。約束は違《たが》えん」

「ナルちゃん、駄目よ！　相手はテロリストなのよ!?」

「そうだ！　あいつが約束を守る保証なんかどこにもない！」

琴理と賢治は灰色の騎士をテロリストだと考えていた。その目的は日本とフォルトーゼの関係に楔《くさび》を打ち込む事。その為にナルファの命を狙っているのだ、と。だから戻るなど言語道断。死にに行くようなもので、二人には到底受け入れられなかった。

「俺はどちらでも良いんだぞ。むしろお前が人間を見捨てるところを見たいとすら思うのだ」

灰色の騎士は剣を黒服の一人に突《つ》き付けたまま、ナルファを見つめていた。彼の目的は情報収集。一番知りたいのはナルファの命が危険に晒《さら》された状態で、彼女の力が解放されるかどうかだ。灰色の騎士はそれが、一番可能性が高い、彼女の力を解放させる方法だと踏《ふ》んでいたのだ。

――――さあどうするナルファ・ラウレーン。これまでお前が世界に干渉《かんしょう》しなかったのは並行世界を生み出すだけだったからだ。だがお前は力を失ってたった一つの世界の内側にいる。この状況でお前は何を選択《せんたく》する……………？

だがそれ以外の情報が不要だという訳ではない。命の危機だけが解放の条件ではないかもしれないからだ。追い詰めて選択を強い、彼女の決断を引き出し、その時の彼女の様子を観察する。そうした事も重要な情報だった。

「……………分かりました、そちらに行きます」

「それがお前の答えか」

「駄目よ！　行っちゃ駄目！」

「ナルファさん、行っても全員殺されるだけだ！」

賢治は言葉だけでなく、手を伸《の》ばしてナルファを捕《つか》まえようとする。賢治は悪い予感がしていた。この時ナルファの瞳《ひとみ》に宿っていた光に、見覚えがあるような気がしたから。

「そう思います。でも、私のコータロー様なら行くと思うので」

ナルファはふわりとした動作で賢治の手を擦り抜《ぬ》けると、賢治と琴理に笑いかける。賢治の悪い予感は当たっていた。それは孝太郎と同じ笑顔、同じ瞳だった。そしてナルファの笑顔と瞳を見て二人の動きがほんの一瞬《いっしゅん》止まった隙《すき》に、彼女《かのじょ》は灰色の騎士に向かって歩き出していた。

「頑張れるだけ、頑張ってみます！」

ナルファにも分かっていた。これが自殺行為《こうい》だという事は。けれどそうせずにはいられなかった。もし黒服達を見捨てて生き延びたら、きっとずっと後悔《こうかい》するだろうと。胸を張って孝太郎の前には、立てないだろうと。

――――怖《こわ》いなぁ。あの剣、痛いんだろうなぁ。避《さ》ける……………のは無理か。そんなに足は速くないし、そのくらい向こうも考えてるんじゃないかなぁ……………黒服さん達の銃を拾っても、使い方が分からないし……………やられちゃうな、このままだと……………。

そしてやはり何の対策も思い付かない。ナルファは普通の女の子。戦う力は何も備えていない。何をしても悪い結果しか思い付かない。それでもナルファは考える事を止めなかった。孝太郎なら最後まで頑張る。それと同じようにしたかったのだ。

――――あんまり意味はないかもしれないけど、びっくりさせるくらいなら……………。

最終的にナルファはある一つの賭《か》けに出た。灰色の騎士の狙いがナルファの命であるのだとしても、彼の攻撃をかわすのは不可能だ。黒服達に出来なかった事がナルファに出来るとは思えない。だが灰色の騎士を驚《おどろ》かすくらいなら出来るかもしれない。それで何かが変わるとは思えないが、何もせずに終わる訳にはいかなかった。

「覚悟するがいい、ナルファ・ラウレーン」

灰色の騎士は剣を振りかぶると前進してくる。灰色の騎士とナルファの距離が一気に詰まる。

「戻れ、ナルファさん！」

「駄目よナルちゃん！」

我に返った賢治と琴理が慌《あわ》ててナルファの後を追う。だが二人の手はナルファには届かない。彼女の小さな身体には、先に灰色の騎士の剣が届いてしまうだろう。灰色の騎士は容赦《ようしゃ》なくその剣を振り下ろした。

「いくぞぉっ！」

その時だった。ナルファは突然《とつぜん》走り出した。逃げたのではない。その逆で、ナルファは灰色の騎士に向かって全速力で突っ込んでいった。これは誰にとっても予想外の出来事だった。他でもない、灰色の騎士にとってさえも。

「何のつもりだっ⁉」

実はこの時、灰色の騎士が剣を振るったのはナルファを追い詰める為であって、命を奪《うば》う為ではなかった。だがナルファが走ったせいで間合いが詰まり、剣の軌跡《きせき》は直撃《ちょくげき》コースに変わった。このままでは謎を解く前にナルファが死ぬ――――灰色の騎士は大慌《おおあわ》てで強引《ごういん》に剣の向きを変えた。

ザンッ

「きゃあっ⁉」

結局、剣はナルファの首を掠《かす》めて地面に突き刺《さ》さった。ナルファは首から僅《わず》かに出血したが、傷も出血もほんの僅かだった。過程と結果はナルファが想像していたものとは違ったが、彼女が致命的《ちめいてき》な一撃を無事にやり過ごした事だけは確かだった。

「し、死んでないっ、どうして………？」

「………驚かせてくれる………だがまた一つ分かった。自分の命が危険に晒されても、力を解放しないのか………」

ナルファは斬《き》られた事に大きく動揺《どうよう》していた。ほんの軽傷だが、剣で斬られた事は普通の人間にとっては非常に恐《おそ》ろしい事なのだ。だがそれだけだった。灰色の騎士が期待していたように、追い詰められたナルファが何かの力を発揮するような事はなかった。

「………あ、あなたは一体何を言って………」

「一緒《いっしょ》に来て貰うぞ、娘《むすめ》。お前には――――」

だがこの瞬間《しゅんかん》を待っていた者がいた。灰色の騎士の意識が、ナルファだけに集中したこ

の瞬間を。

「いきなり全力ぱ～～～んちっ！」

それは早苗『お姉ちゃん』だった。物陰《ものかげ》から飛び出した彼女は、全身を霊力の光で包み込み、言葉通り全力で灰色の騎士に殴《なぐ》りかかった。そしてこの時、彼女の拳《こぶし》は全身の光よりもずっと強く輝いていた。

「―――くっ、こいつ、このタイミングを待って―――」

「だあああぁぁぁぁああああぁぁぁあっ!!」

ドコォオンン
早苗『お姉ちゃん』の一撃は灰色の騎士が剣を握《にぎ》っている右手に炸裂《さくれつ》した。不意打ちをする為に直前まで力を抑《おさ》えていたから、拳に込められた霊力は彼女の全力には程遠《ほどとお》い。それでも『お姉ちゃん』の一撃には大砲《たいほう》のそれに匹敵《ひってき》する威力《いりょく》があった。おかげで灰色の騎士の手の中にあった剣は大きく撥《は》ね飛ばされ、地面に突き立った。

「してやられた……まさかこらえ性《しょう》がないお前が潜伏《せんぷく》からの不意打ちとはな」

「こらえ性がないのはあんたの方よ。ゴールが近付いてるから、気持ちが先走ってるんじゃないの？」

灰色の騎士は完全に虚《きょ》を衝《つ》かれていた。『お姉ちゃん』は最初から灰色の騎士に殺気が無い事に気付いていた。だからずっと隙が出来るのを待っていたのだ。そしてナルファが走った事により灰色の騎士の意識が彼女だけに向いたので、不意打ちを仕掛けた。威力には不安があったが、不意打ちで混沌の力による防御が間に合わなかったから、十分な結果が得られた格好だった。


「気を付けよう。百里を行く者は九十を半ばとす、というらしいからな」

「あんたがそんな事言っても似合わないわよ」

いつになく強い眼差《まなざ》しで『お姉ちゃん』は灰色の騎士と対峙する。その拳は再び輝き始めている。今回はその輝きが先程《さきほど》よりもずっと強い。先程とは違い身を潜《ひそ》めている訳ではないので、最初から全力だった。

――あの剣を拾わせちゃいけない。拾われたら勝ち目はない！

灰色の騎士の混沌の力は、彼の剣によって制御《せいぎょ》されている。不意打ちで撥ね飛ばす事が出来たのは本当に幸運だったと言える。味方の援軍《えんぐん》が来るまで、この状態をいかに継続《けいぞく》するか、そこが『お姉ちゃん』の勝負所だった。

「サナエ様、来て下さったんですね！」

「お礼なら黒服のおじさん達《たち》に言ってあげて。そのおじさん達が時間を稼いでくれたから間に合ったの」

　このタイミングで『お姉ちゃん』が姿を現したのは、黒服の男達の頑張りのおかげだった。彼らは灰色の騎士の出現と同時に救援《きゅうえん》を要請《ようせい》、孝太郎達が動き出した。そしてたまたま『お姉ちゃん』が比較的近くにおり、霊能力《れいのうりょく》による単独の飛行も可能だったので、彼女が真っ先にこの場へ辿《たど》り着いたのだ。その為の時間を稼いだのもやはり黒服の男達。結果的に見て、彼らはきちんと任務を果たしたと言えるだろう。

「ナルファ、あんたは下がって！」

「一人で戦うなんて無茶《むちゃ》です！」

「すぐに援軍が来るから大丈夫《だいじょうぶ》！　でもあんたが一緒じゃ戦えない！」

「は、はいっ」

　ナルファは唇《くちびる》を噛《か》み締《し》めるようにしながら後退していく。結局自分が足手まといである事が悔しいのだ。だが現時点では認めざるを得ない現実だった。

「後退させなくても良かったんだぞ。今はあの娘には何かをするつもりはない」

　灰色の騎士はナルファを追うような事はなく、軽くその背に視線を送っただけだった。知りたい事の一つは確かめられた。これ以上はもっとしっかり環境《かんきょう》を整えなければ確かめようがない事ばかり。誘拐《ゆうかい》して手元に置いておけばその時に便利だ、というくらいしか彼にはナルファに対する執着《しゅうちゃく》はなかった。

「どーいう事？　もうあっちには興味なし？」

「どちらかというとお前の方に用がある。………最後の一人だからな」

「そーいう事か。あんた結局霊力は少し弱いもんね」

現時点では、灰色の騎士にとってはナルファより『お姉ちゃん』に対する興味の方が大きかった。他の少女達を混沌の渦《うず》に吸収させた事で、灰色の騎士は渦から多くの力を引き出せるようになった。だが霊能力に関してはキリハのついでに吸収した埴輪達の分しか引き出す事が出来ない。そこが比較的弱点と言えるだろう。とはいえ混沌の力そのものを使えば霊能力の不足は補えるから、決定的な弱点とは言えない。だがその混沌を操る為の剣《けん》が手元にない今の状況においては、大きな弱点であるかもしれなかった。

「って事は………今があんたにとって最大のピンチだし、最大のチャンスなんだ」

「お前にしては賢《かしこ》いな」

「ずっと昔のままじゃないんだよ。………お互《たが》いにそれを望んでもさ」

「………道理だな」

霊能力が弱いという事は、剣が無いと『お姉ちゃん』の攻撃を防げないという事。同時に『お姉ちゃん』が単独で居る今が、彼女を混沌の渦に取り込むチャンスでもある。孝太郎達が『お姉ちゃん』の救援に現れる前に剣を取り戻して彼女を渦に呑《の》み込ませる、それが今の灰色の騎士の目的だった。

「あんたの思い通りにはならないわよ」

そして『お姉ちゃん』もそこは分かっている。だから彼女は一歩一歩慎重《しんちょう》に、灰色の騎士と剣の間に割《わ》り込むようにして移動していた。

「どうかな、俺の力が霊能力だけじゃないのは知っているだろう?」

灰色の騎士はその逆だった。『お姉ちゃん』が完全に進路を塞がないように少しずつ位置をずらしている。だがそれも限界が近い。そこはただの遊歩道なので、横方向に移動し続ける事には限界があった。

「そうね、でも今のあんたはフォルトーゼの武器を使うしかない!」

灰色の騎士が移動に行き詰《づ》まった――――それを霊能力で感じた『お姉ちゃん』は即座に攻撃に出た。先手必勝、攻撃をすると相手の行動のパターンは少なくなる、それは彼女の世界のティアとキリハが教えてくれた事。『お姉ちゃん』は身体の周りに拳大《こぶしだい》の霊力の塊《かたまり》を幾《いく》つも生み出すと、それらを一気に灰色の騎士に向かって投げ付けた。

「……………この状況で、手の内を知られているのは厄介だな」

霊能力による攻撃はフォルトーゼの空間歪曲場《わいきょくば》――――空間を曲げる事で攻撃を防ぐバリア――――では防げない。魔法《まほう》で防ごうにも呪文《じゅもん》を唱える暇《ひま》がない。そうさせない為に、『お姉ちゃん』はあえて霊力の塊に全力を込めず、高速で大量に撃ち出していた。この時に灰色の騎士に出来た事と言えば『お姉ちゃん』が言うようにフォルトーゼの武器で迎撃《げいげき》をする事ぐらいだった。

「そしてあんたはティア程にはてっぽーの扱《あつか》いが上手《うま》くない！」

「ええいっ、数が多過ぎる！」

灰色の騎士はアサルトライフルを構えて霊力の塊を次々と狙撃《そげき》する。すると僅かに灰色の騎士の霊力を帯びている銃弾は、霊力の塊に命中するとそれを霧散《むさん》させた。だが『お姉ちゃん』の言う通りで、今の灰色の騎士にはティア程の正確さと速さがない。剣が手元にあれば全《すべ》て撃ち落とす事も可能だったかもしれないが、残念ながら大半の霊力の塊がそのまま彼に襲い掛かった。

ドドドドドドッ

「ぐううううっ、やるな早苗！」

霊力の塊の威力が低かった事、幾らか迎撃出来た事、そしてきちんと鎧《よろい》を身に着けていた事。そうした事が重なって、灰色の騎士は『お姉ちゃん』の猛攻《もうこう》を辛《かろ》うじて耐《た》えた。だが『お姉ちゃん』は攻撃の手を緩《ゆる》めない。

「どんどんいくぞー！」

霊力の塊が命中した事で発生した爆発《ばくはつ》が灰色の騎士と『お姉ちゃん』の視界を塞いでいる。だが霊能力に優《すぐ》れた『お姉ちゃん』には関係なかった。灰色の騎士の霊波《れいは》を見て、そこへ向かって再び大量の霊力の塊を投げ付けていった。

「これでどーだっ！」

「何度も同じ手が通じると思うなよ！」

ザアッ
爆発とそれによって生じた煙《けむり》の中から飛び出してきたのは、三人の灰色の騎士。それは灰色の騎士が爆発と煙で視界が遮《さえぎ》られた時の僅かな隙に発動させた、幻覚《げんかく》の魔法によるものだった。見た目も霊波もまるで本物のように見え、体温や鼓動《こどう》も備えた完全な幻覚。その完成度故《ゆえ》に多くは作り出せないが『お姉ちゃん』の霊視をもってしてもすぐには見破る事が出来なかった。

「今度はこっちの番だ！」

ドンッ、ドドンッ
三人の灰色の騎士はアサルトライフルを構えて発砲する。本物の灰色の騎士は先程と同じ銃による攻撃だが、幻覚の灰色の騎士はそうではない。完全な幻覚は痛みや弾痕《だんこん》も再現するので、意志の強い者が幻覚の魔法そのものに耐えた場合を除くと、幻覚の銃弾は普通《ふつう》の銃弾と同じ結果をもたらす。しかも物理的な攻撃ではないので、殆どの防御手段が通用しないという、非常に危険な攻撃だった。

「しゃらくせぇぇぇぇっ!!」

ゴアアッ

テレビアニメで覚えた台詞《せりふ》を口にしながら——意味は分かっていない——『お姉ちゃん』は大きく腕《うで》を振り回す。振り回された腕からは強力な霊波《れいは》が放出され、発射された銃弾ごと三人の灰色の騎士を薙《な》ぎ払《はら》った。

バババババッ

霊波に込められた『お姉ちゃん』の強固な意志——どーせ幻覚でしょー——が次々と灰色の騎士を掻《か》き消していく。不思議な事に灰色の騎士は三人とも姿を消した。本物と二体の幻覚ではなく、三体とも幻覚だったのだ。

「やっぱりそうかっ！　だったら次はこうっ！」

早苗は振り向きざまに両手から霊力を放出した。幻影《げんえい》を打ち破った時とは違い、今回に限ってはそれほど大きな力は必要ない。どちらかと言えばスピードが命だった。そして彼女が放った霊力は、今まさに剣を拾い上げようとしていた灰色の騎士に先んじて、剣を奪い取った。

「…………よく気付いた」

　この可能性を予想していたのか、灰色の騎士には動揺した様子はなかった。ゆっくりと身体を起こすと『お姉ちゃん』に正対する。三人の灰色の騎士は陽動、本人は三人から遅《おく》れて爆発と煙から抜け出した。遅れたのは魔法で姿を隠《かく》していたから。本当はこれで剣を取り戻す筈《はず》だったのだが、『お姉ちゃん』はそれを見破った、という訳だった。

「危ない危ない…………あんた魔法も使えるんだもんね」

　剣を包み込んだ『お姉ちゃん』の霊力は剣を彼女のもとへ運んでくる。彼女がずっと使い続けている得意技《とくいわざ》、ポルターガイスト現象。そして剣が彼女のすぐ傍まで運ばれてきた、その時の事だった。

「きゃあぁぁっ!?　なっ、なにこれぇっ!?」

　突然『お姉ちゃん』の右手に激痛が走った。右手に目を向けると、灰色の剣から早苗の霊力を伝わって、混沌の力が逆流して来ていた。それが激痛の原因だった。

「ぐぅう、ま、けるぅ、もんかぁぁぁぁぁっ!!」

　このままでは混沌に侵食《しんしょく》される、それを本能的に感じ取った『お姉ちゃん』は霊力を全開にして混沌の力を押《お》し返そうとした。

　バシィッ

幸いな事に早いタイミングで気付いたおかげで『お姉ちゃん』は混沌の力を押し返す事が出来た。そのあおりを受けて灰色の剣が大きく弾《はじ》き飛ばされる。そしてそれを待っていたのが灰色の騎士だった。

「……俺としてはお前がそのまま混沌に呑まれてくれると楽だったんだがな」

灰色の騎士は複雑な回転をしながら飛んでくる剣を空中で掴《つか》み取った。強力な霊能力を持っていたので『お姉ちゃん』は混沌の力から逃《のが》れる事が出来たが、結果的に灰色の騎士に剣を取り返されてしまった。状況は大きく悪化したと見るべきだろう。

「あたしがそんな簡単にやられる訳ないでしょ！」

強気に言い返す『お姉ちゃん』だったが、状況の悪さはきちんと理解していた。先程までは剣を持っていなかったから何とか戦えていた。だがその優位が失われた今、『お姉ちゃん』の敗色は濃厚《のうこう》だ。灰色の騎士は一人で八人の少女達《たち》を倒しているのだから。

「それはそうだ。最後に残ったのは結局お前だからな」

言葉通り灰色の騎士は油断しておらず、鋭《するど》い視線と剣の切っ先を『お姉ちゃん』に向けている。霊能力は基本的に予備動作が無い。魔法のように呪文を唱える訳でも、何かの装置を起動する訳でもない。前触《まえぶ》れなく何かが突然起こるのだ。魔法がそうであるように、予備動作は多くの場合威力を高める為のものなので、使うエネルギー量が同等であれば霊能力は魔法より弱いと言える。だが莫大《ばくだい》な霊力を操る早苗達にはそれは当てはまらない。彼女《かのじょ》達は有り余る霊力で、唐突《とうとつ》に強力な攻撃を仕掛ける事が出来るのだ。非常に高いレベルの戦いにおいては、霊能力はとても厄介な能力なのだった。

「とはいえ……この剣をお前一人でどうこう出来るとは思えんが」

「そんなものやってみなくちゃ分かんないでしょ。だいたいさ、あんたさっき一度それ落っことしてるんだから」

「ならば油断して剣を落とさないよう気を付けよう！」

言うが早いか、灰色の騎士は『お姉ちゃん』に向かって突っ込んできた。霊能力は不意打ちに適した能力なので、後手に回りたくないのだ。実際灰色の騎士が走り出した直後に、彼《かれ》が直前まで立っていた場所に拳大の石が幾つも降り注ぐ。喋《しゃべ》っている間に『お姉ちゃん』がこっそり集めて投げ付けたものだった。

「気付かれた!?」

「今度はこっちの番だ！」

まだ『お姉ちゃん』とは多少距離があったが、灰色の騎士は手にした剣を大きく振り回した。すると剣の切っ先が描いた軌跡に沿って灰色のエネルギーが出現し、それがブーメランのように回転しながら『お姉ちゃん』に襲い掛かった。

「これぐらいならっ！」

霊視のおかげで『お姉ちゃん』には灰色の騎士《きし》が何処を狙《ねら》っているかが分かるし、ブーメランは何とか目で追える速さだった。おかげで彼女が軽く身を屈《かが》めるようにするだけでブーメランをかわす事が出来た。

「まだ安心するには早いぞ」

だがやはりそれは飛んでくるだけの単純な攻撃ではなかった。灰色のブーメランはまるで本物のブーメランのように回転しながら曲線を描いて飛び、再び『お姉ちゃん』に襲い掛かった。自動で目標を狙い続ける攻撃だったのだ。

「まずいっ！」

再び身を屈めてブーメランをかわすと『お姉ちゃん』は身体の周りに幾つもの霊力の塊を作り出す。それをぶつけて灰色のブーメランを破壊《はかい》しようというのだ。

「次々いくぞ」

だが灰色の騎士も黙《だま》って見ているつもりはなかった。何度か剣を振り灰色のブーメランを生み出し続けた。

「多い多い！」

最終的なブーメランの数は五つ。一つ一つはさほど脅威《きょうい》ではないが、五つ同時に襲ってくると手に負えなくなる。実際『お姉ちゃん』は避けるだけで精一杯《せいいっぱい》で、霊力の塊でブーメランを破壊する事が出来ない。狙っていると別のブーメランが襲ってくるし、走りながらでは狙いが定まらないのだ。

「走り回っているだけではどうにもならんぞ」

「ええい、こうなったらっ、これでどうだぁっ！」

ドコーン

困った『お姉ちゃん』は全方位に向かって霊力の波を放った。全方位に放たれた霊力の波は、まるで膨らんでいく風船のように周囲に広がっていった。それは苦《くる》し紛《まぎ》れの策だったのだが、なかなかどうして上手くいった。五つのブーメランは早苗の気配に向かって飛んでいるので、彼女の気配が宿った霊力の波に自分から突っ込んでいったのだ。そして波に触《ふ》れたブーメランは爆発して消えていった。

「………随分《ずいぶん》な力技だな」

「どうだ、恐れ入ったか！」

「やはり自動追尾《ついび》で楽をしようとしたのが失敗だったか」

自動追尾の攻撃は便利だが、自動追尾の仕組みそのものにエネルギーを取られ、攻撃力《こうげきりょく》や速度、持続時間などが抑え目になる。また何を追うのかという目標設定にも工夫《くふう》が必要で、今回のように自分から霊力の波に飛び込んでしまうような事も起こる。便利な反面、扱いが難しい技でもあるのだった。

「ルースやメガネっ子じゃないんだから、ゲンコツで来なさい、ゲンコツで！」

「ゲンコツは難しいが、大まかには同感だ」

灰色の騎士は改めて剣を構え直した。高速で動き回る『お姉ちゃん』を倒すなら、使い慣れた武器で小細工なしで攻撃する方が確実だ。『お姉ちゃん』の要望には応《こた》えられないが、灰色の騎士の場合はやはり剣で戦うのが一番だった。

――参ったなぁ……こーゆーのが一番困るんだよね……。

自信満々で話している『お姉ちゃん』だったが、実は胸の中では困っていた。正攻法《せいこうほう》では単純な力とスピードの勝負になる事が多く、そうなるとパワー負けしている『お姉ちゃん』の方が明らかに不利だ。『お姉ちゃん』としてはスピードで戦うしかない訳だが、それは灰色の騎士も分かっている。それを封《ふう》じようとしてくるのは間違《まちが》いなかった。

「だからやっぱり先手必勝っ！」

強力な武器を持つ相手に受けに回る訳にはいかない。また『お姉ちゃん』のスピードを殺しに来るだろう事は分かっているので、それをさせる訳にはいかなかった。『お姉ちゃん』は全身から発生させた霊力を両脚《りょうあし》に集め、爆発的《ばくはつてき》なスピードで走り始める。また同時に全身の神経系に霊力を通わせ、情報の伝達速度を引き上げる。これで反応速度が大きく向上する筈だった。

「速い！」

灰色の騎士はこの時の『お姉ちゃん』の走る姿に目を見張った。それは既《すで》に人間が出せる速度を大きく逸脱《いつだつ》していた。しかも『お姉ちゃん』は時折進行方向を変える。恐らく常人の反射神経では捉《とら》えきれない不規則な動きだった。『お姉ちゃん』は周囲にある壁《かべ》や樹木を蹴《け》り付けて、跳ね回るボールのように灰色の騎士に迫《せま》る。

「お前とも長い付き合いだが、ここで決着を付けるぞ！」

突っ込んでくる『お姉ちゃん』の様子から本気を感じ取った灰色の騎士は、剣の構えを変えた。剣を右手で持ち軽く後方へ引く。自らは動かず、突っ込んでくる『お姉ちゃん』を突きで迎撃しようというのだ。

「来いっ、早苗っ！」

「行くぞぉぉぉぉぉぉぉぉっ!!」

裂帛《れっぱく》の気合と共に『お姉ちゃん』が右の拳を振《ふ》りかざして突っ込んでくる。拳は薄い紫《むらさき》色《いろ》の光を帯びていて、一撃《いちげき》必殺の霊力が込められている。灰色の騎士はカウンターの突きを放つべく切っ先を『お姉ちゃん』の胸元《むなもと》に合わせた。

「にゅううっ！」

カウンターを避ける為《ため》に『お姉ちゃん』が向きを変える。その瞬間、首から下げていたお守りが『お姉ちゃん』の動きについていけずに服の隙間《すきま》からこぼれ出た。

『家内安全』

その文字が目に入った瞬間、灰色の騎士はほんの一瞬《いっしゅん》だけ動きを止めた。お守りが何かの力を持っていたという訳ではない。強いて言うなら、そこに込められた時間が灰色の騎士の動きを止めたのだ。

「だぁぁああぁぁぁぁぁぁぁぁぁぁっ!!」

右の拳を壁に叩《たた》き付け、その反動で鋭角的《えいかくてき》に移動方向を変える。拳に宿らせた霊力は攻撃の為ではなくこの方向転換《てんかん》の為のもの。そして『お姉ちゃん』はそのまま左足で蹴りを放った。

「うおおおっ」

ドガァン
灰色の騎士の動きが一瞬止まったおかげで、『お姉ちゃん』の蹴りは狙い通り胴体《どうたい》に命中した。同時に『お姉ちゃん』は移動の為に脚《あし》へ集中させていた霊力《れいりょく》を解放、蹴りと一緒にその霊力を叩き込《こ》む。すると灰色の騎士は何度も地面でバウンドするようにして撥ね飛ばされ、コンクリートに覆《おお》われた土手に激突《げきとつ》して止まった。

「これでどーだ！」

これが今の『お姉ちゃん』に出来る最高の一撃だった。これが効かないようなら、恐らく何をやっても勝ち目がない。ヒーローアニメでは禁じ手の、初手で必殺技《ひっさつ》。『お姉ちゃん』が信念を曲げて放った一撃だった。

「……………見事だ早苗。この剣がなかったら、お前の勝ちだった」

灰色の騎士はまるで何事もなかったかのようにゆっくりと立ち上がった。その身体は灰色の霧《きり》のようなものに覆われている。混沌《こんとん》の力が騎士の存在を曖昧《あいまい》にして、早苗が放った一撃のエネルギーの多くを受け流したのだ。だがもちろんこれは灰色の騎士が自分でやった事ではない。そんな暇はなかった。シグナルティンと同様に、自動的に使い手を守ったのだ。

「でも全部防げた訳じゃないみたいだね」

「それはそうだ。この世界はそこまで便利ではない」

剣が自動的に防御《ぼうぎょ》したとはいえ、一瞬で出来る事には限界がある。『お姉ちゃん』の一撃は大半が防がれたが、霊力の一部が灰色の騎士の内臓を傷付けていた。おかげで灰色の騎士の口《くち》の端《はし》からは血が滴《したた》っていた。

「そうだね……あたしもそう、思うよ……」

「……どうしようもない事もある」

灰色の騎士が『お姉ちゃん』に近付いていく。その剣は灰色の力を帯び、剣先《けんさき》に灰色の渦を生み出している。渦は騎士が進む度に大きくなっていく。そこに『お姉ちゃん』を呑み込ませようとしているのだ。

「それでもさ、挑《いど》みたい事ってあるんだよ」

ザッ

対する『お姉ちゃん』は一歩足を踏み出したところで止まった。全身が重い。足が進まず腕も上がらない。それもその筈、先程の一撃は本当に全身全霊《ぜんしんぜんれい》を込めた一撃。『お姉ちゃん』はこの時、体力も霊力も使い果たしていた。そうしてもなお、あと一歩及ばなかった。やはり混沌の渦の力を備えた灰色の騎士を一人で倒《たお》すのは難しかった。

――やっぱり無理だったか。でもナルファは逃《に》がしたし……あとはお願いね、キリハ……。

流石《さすが》にこの状態からは勝利は見込《みこ》めない。『お姉ちゃん』はここで覚悟《かくご》を決めた。身体のダメージだけで見れば勝っているが、殆ど動く力を残していない『お姉ちゃん』では次の一撃をかわす事が出来ない。万事休《ばんじきゅう》すだった。

「泣く事はない。全てが元の状態に戻《もど》るだけだ。みんなともすぐに会える」

「そんな事で泣いてるんじゃない。あんたを救えなかった事が悲しいの」

渦は既に『お姉ちゃん』を呑み込むのに十分な大きさになっていた。灰色の騎士が剣を振り下ろせば、渦は彼女を呑み込む事だろう。『家内安全』のお守りが『お姉ちゃん』の胸で揺《ゆ》れている。だが灰色の騎士はもう止まらなかった。

「……また後でな、早苗」

そして灰色の騎士が剣を振り下ろそうとした、その時だった。

『早苗ちゃんバーニングファイアーウルトラメガハリケーン！』

「……火もハリケーンも出てないけど……」

巨大《きょだい》な霊力の塊が灰色の騎士の頭上から落ちて来た。これは完全な不意打ちだった。

「くそっ！」

灰色の騎士は攻撃《こうげき》を止め、慌てて大きく飛び退《すさ》る。『お姉ちゃん』の攻撃で彼も疲労《ひろう》している。このタイミングでこの一撃を食《く》らうのは危険だった。

「これを使って下さい！」

次に飛んで来たのは銀の刀身に黄金の装飾《そうしょく》を施《ほどこ》した見事な騎士剣《きしけん》だった。その剣はまるで意思を持っているかのように『お姉ちゃん』の手の中に滑《すべ》り込んだ。

「サグラティンだと⁉　今更《いまさら》そんなもので――――いやっ、これは⁉」

飛んで来た騎士剣はサグラティンだった。ティアが生まれた時に打たれた、彼女の名を冠《かん》した剣。かってはただの剣であったが、今は違う。『お姉ちゃん』の手の中にあるその剣には、シグナルティンと同等の力が宿《やど》っていた。シグナルティンを魔法の剣だとするとサグラティンは霊力の剣。サグラティンはその力を発揮して、頭上に浮《う》かんだままになっている霊力の塊を吸収し始めた。

「力が回復してる⁉」

サグラティンが吸収した霊力の塊は、そのまま『お姉ちゃん』の霊力と体力に変換《へんかん》された。そしてその事に驚く『お姉ちゃん』の隣《となり》に『早苗ちゃん』と『早苗さん』が音もなく降り立った。

「やっぱり『お姉ちゃん』もそれを使えるんですね」

『これで役者がそろった！　さなえちゃ～～～んず、あっせんぶー！』

今回は幽体離《ゆうたいり》脱《だつ》をしているのは『早苗ちゃん』の方で、彼女はアニメで見て覚えた怪《あや》しげな構えで灰色の騎士を睨《にら》み付けている。そして生身の身体の方に留《とど》まっているのが『早苗さん』で、彼女は『お姉ちゃん』の無事に安堵《あんど》していた。敵を監視《かんし》しつつ味方の無事を喜べるのは早苗特有の技と言えるだろう。

「ありがとう、来てくれて！」

剣の握りを確かめながら『お姉ちゃん』が笑顔《えがお》を見せる。それは敵が居るので一瞬だったが、二人が助けに来てくれた事はやはり嬉《うれ》しかった。

『仲間のピンチに駆《か》けつけてこそ真のヒーロー！』

「お礼なんて言いっこ無しですよ。逆なら来てくれたでしょう？」

「そうだけど……必要な時に必要な場所に居てくれるのは嬉しいんだよ」

「……サグラティン……そうか、そういう事だったのか……」

早苗達とは反対に、灰色の騎士は厳しい表情をしていた。状況《じょうきょう》は彼が思っていた以上に複雑だと分かったからだった。

――まさか力が複数に分割《ぶんかつ》されているとは……この分だと二つどころではないかもしれん……。

真なる王権の剣が本来の力を取り戻さねば、灰色の騎士の目的は達せられない。だが真なる王権の剣の力は、分かっているだけでシグナルティンとサグラティンの二つに分割されている。サグラティンからはシグナルティンと同等の力を感じるが、両者を合わせても本来の力には遠く及《およ》ばない。だとしたら他にもあると考えるのが妥当《だとう》だろう。それはつまり目的の達成までの道程が思ったよりも遥《はる》かに長いという事になるのだった。

――――向こうも無策ではなかったという事か。冷静になって考えてみれば当たり前の事ではあるが……ええいっ、忌々《いまいま》しい！

　こちら側の地球へ来て王手をかけたつもりでいた灰色の騎士。だが実際には王手には程遠く、長い道程が見え始めていた。だがそれを灰色の騎士の浅慮《せんりょ》と言ってしまうのは酷《こく》な事だ。別の世界へ渡《わた》るという偉業《いぎょう》を成《な》し遂《と》げたのだから、そういう考えになるのも仕方のない事だろう。そもそも普通は別の世界へ至る事が出来ないのだ。

「だがその分、目的は明確になった」

　灰色の騎士は再び剣を構える。狙いはやはり『お姉ちゃん』だ。彼女はこちらの世界の王権の剣の成立とは関わりがない。この段階で彼女を混沌の渦に呑ませる事が出来れば、本当の意味での王手に一歩近付くだろう。

「……来るよ、二人とも気を付けて！」

　灰色の騎士の攻撃の気配を察して『お姉ちゃん』もまた剣を構える。彼女の手の中にあるサグラティンは、元の世界でティアから借りていたものとは違《ちが》う。だが剣は『お姉ちゃん』の気持ちに応えるように輝《かがや》き始める。それがどういう意味なのかを思うと、とても心強い『お姉ちゃん』だった。

『あたし達《たち》が色々するから「お姉ちゃん」がやっつけて』

その隣に素早《すばや》く並んだのは『早苗ちゃん』だった。二人に分かれている分だけ『早苗ちゃん』と『早苗さん』は攻撃力が低い。だが攪乱《かくらん》や防御という意味では二人いる事は利点となる。そして基本的に霊《れい》能力が高い『お姉ちゃん』がサグラティンを使って戦うと一番攻撃力が高くなる。二人の早苗はかっこいいからという理由だけで『お姉ちゃん』に剣を渡した訳ではないのだ。またサグラティンもシグナルティン同様に『早苗ちゃん』と『早苗さん』の額の紋章《もんしょう》と繋《つな》がっているので、言葉を使わずに会話が出来て便利だった。

「行きますよ！　まずは私から！」

ボンッ

最初に攻撃を行ったのは『早苗さん』だった。彼女《かのじょ》は霊能力を使って砂塵《さじん》を巻き上げ、視界を遮った。

「考えたな！」

灰色の騎士は舌打ちした。この状況で砂塵の影響《えいきょう》を受けるのは灰色の騎士だけだ。早苗達は霊視が出来るので、この時目を閉じてしまっていた。灰色の騎士も多少の霊視が可能だが、彼女達《かのじょ》程《ほど》に先を見通せる訳ではない。霊能力に差があるので、霊視で見るしかない状況を作れば有利になるという訳だった。

「プロテクションフロムエンバイロンメント！」

咄嗟《とっさ》に灰色の騎士は魔法を発動させた。それは自然環境から身を守る魔法で、彼を中心とする半径数メートルが砂塵から守られた。それは戦いをする上ではあまりに狭《せま》い。しかし長い詠唱《えいしょう》時間を要する、強力な魔法を使っている暇がなかったのだ。

「あたたたたたたたたたぁっ！」

ボッ

灰色の騎士の正面やや右側から何本もの霊力の矢が飛び出してくる。これは『早苗ちゃん』が放ったものだ。砂塵の中から飛び出してきたので見えた瞬間には既に命中の直前だった。

「ぬううぅっ!!」

何通りかの方法で神経系が強化されている灰色の騎士だから、辛うじて防御が間に合った。剣から染《し》み出した灰色の力が円盤状《えんばんじょう》の盾《たて》となり、飛来した霊力の矢のエネルギーを拡散させた。

「隙《すき》ありぃぃぃぃぃっ!!」

そこへ突《つ》っ込んできたのが剣を手にした『お姉ちゃん』だった。灰色の盾は矢を防ぐ為に使われた直後。『お姉ちゃん』の強力な霊力を帯びたサグラティンは金色の光を放ちながら灰色の騎士に迫る。

「そう簡単にやれると思うな！」

ブンッ
灰色の騎士は咄嗟に左腕《ひだりうで》に空間歪曲場を発生させた。確かに霊力は歪曲場では防げないのだが、サグラティンという金属の塊を防ぐ事は出来る。歪曲場は斬《き》りかかってくるサグラティンの切っ先を逸《そ》らす事に成功した。

「どっか～～ん！」

だがその瞬間、『お姉ちゃん』はサグラティンに宿らせていた霊力を爆発させた。それは完全に制御された霊力の爆発で、全てのエネルギーが灰色の騎士に襲《おそ》い掛《か》かった。歪曲場で剣そのものは防げても、やはりこの爆発は防げなかった。

「うおぉぉぉぉぉぉっ」

ガリッ、ガガガッガガガガガッ
その大きな衝撃《しょうげき》に灰色の騎士は地面に何度もぶつかりながら大きく撥ね飛ばされる。あたりにはぶつかる度に地面のアスファルトが削《けず》れる音が大きく響《ひび》き渡った。

「………所詮《しょせん》は早苗一人と見縊《みくび》ったのが間違いだった。この世界の特殊性《とくしゅせい》が、この結果を生んでいる」

十数メートル飛ばされた所で止まった灰色の騎士は、身体を起こしながら苛立《いらだ》たしげにそう呟《つぶや》いた。

「やった！　効いてる！」

この状況に驚《おどろ》いているのは『お姉ちゃん』だった。実はこちらの世界のキリハが灰色の騎士との戦い方を色々と考えてくれていた訳なのだが、『お姉ちゃん』の世界では一方的にやられ続けていたので、これほど上手くいくとは考えていなかったのだ。

『あたし達の友情パワーです！』

「全員本人だと友情は関係ないと思うけど」

『じゃあマルチナルシストパワーで』

「……………そう呼ぶぐらいなら友情パワーで良いよ『早苗ちゃん』」

早苗が三人いるので、攻撃の手数は単純に三倍。霊力は発生源の肉体の数が問題なので二倍止まりだが、サグラティンの増幅率《ぞうふくりつ》を計算に入れると実際は二倍や三倍では効かないだろう。そしてまだ早苗を渦に吸収出来ていないので、灰色の騎士は霊力勝負では大きく劣《おと》っている。灰色の騎士の弱点に向かって、最低でも三倍の力と手数で襲い掛かってくる計算になるので、霊力に限っては力負けするという状況が出来上がっていた。

「……………さっきと同じだ。力の出し惜《お》しみをしている余裕《よゆう》はない」

混沌の渦には二つの力がある。呑み込んだものの力を使う事と、混沌そのものの力を使う事だ。そのうち後者の使用には大きなリスクがある。だからこれまでは前者の使用を優先し、後者は最低限の防御に絞《しぼ》って来た。だがこのまま霊力勝負が続けば好機を逸《いっ》する。灰色の騎士はリスクを覚悟で打って出るべきだと考えていた。

「……………来るよ！」

『分かってる、ヤな感じがしてる』

「二人とも近付く時は気を付けて！　何かしてくるよ！」

灰色の騎士が発している気配から不穏《ふおん》なものを感じて、早苗達は警戒《けいかい》を強めた。そして前に出ている『早苗ちゃん』と『お姉ちゃん』は再び砂塵の中へ消える。どうあれ灰色の騎士の視界が効かないのは確かなのだ。

『サンクチュアリ・モディファー・マキシマイズ・アンド・エフェクティブエリア・コロッサル！』

そんな時の事だった。遠くから複数の人間が唱える呪文がまるで合唱のように重なり合ってあたりに響き渡った。

「人払《ひとばら》いの結界か⁉　一体何をするつもりだ⁉」

灰色の騎士は即座《そくざ》にそれがゆりかと真希による人払いの結界である事に気付いた。人払いの結界は広い範囲《はんい》に働き、中に居る無関係の人間の精神に働きかけて結界の外へ出るように仕向け、同時に中の音や光が外へ出ないように覆い隠す効果がある。本来は魔法使《まほうつか》い同士の戦いを隠す為のものだが、今回はそれが灰色の騎士を中心に発動している。しかも通常なら必要のない効果の最大化オプションまで付いている。それは何かの攻撃が来るという宣言のようなものだった。

『こうするつもりじゃっ！』

頭上から聞こえて来たティアの声。反射的に見上げた灰色の騎士の目に飛び込んできたのは、砂塵の中から姿を現したばかりのミサイルの弾頭《だんとう》部分。それを見た瞬間《しゅんかん》、灰色の騎士は何が起きているのかを理解した。

「超時空反《ちょうじくう》────」

既に数メートル先まで迫られては、ミサイルをかわす余裕などない。しかもこの弾頭には半端《はんぱ》に混沌の力を使う訳にはいかない。半端に身を守れば身体がどうなるかが分からない。何もしないか、全力を出すかの二択《にたく》。灰色の騎士は咄嗟に全力で身を守った。何もしないとどこへ飛ばされるかが分からないので、身を守るしかなかったのだ。

カッ

次の瞬間、弾頭が作動して光《ひか》り輝く立方体が出現した。大きさはそれぞれの辺が三メートル程。そして灰色の騎士はその中心に捕《とら》えられた。

「うおおおおおぉぉぉぉぉぉぉぉぉっ！」

光り輝く立方体は、その内側にあるものを宇宙の外側へ弾《はじ》き出そうとする。灰色の騎士は混沌の渦《うず》から力を引き出してそうさせまいとした。だがそれは灰色の騎士に大きな苦痛をもたらす。混沌と接する事は、ただでさえ自分の存在が曖昧になる危険な行為《こうい》だ。しかも立方体の力に耐える為に大きな力を引き出さねばならない。つまり立方体に吹《ふ》き飛ばされない為に、自分の存在そのものを危険に晒《さら》しているのだ。それでも宇宙の外へ放逐《ほうちく》されるよりはずっとマシ——苦肉の策、あるいは決死の賭《か》けだった。

『……驚いた。限定型とはいえ、あなた超時空反発弾に耐えますのね』

立方体の余波で砂塵が晴れた時、そこにはまだ灰色の騎士の姿があった。その姿を小型無人戦闘機《せんとうき》のカメラで確認《かくにん》したクランは思わず感嘆《かんたん》の声を上げていた。だがもちろん無傷ではなく、身に着けているパワーアシスト機能付きの鎧は半分以上が機能を停止し、身体には大怪我《おおけが》を負っていた。

「攻撃の為にエネルギーを集めていたので助かった」

『なるほど、混沌の渦の力で身を守ったんですのね』

クランのミサイル、超時空反発弾を防ぐのは容易ではない。『お姉ちゃん』が持ち込んだ数式によって完全なコントロールが可能になったので、効果の範囲を狭《せば》めた限定型とはいえ効果自体は向上している。灰色の騎士はそれに耐えた訳なので、クランは彼の力の大きさに驚きを隠せなかった。

「だが思わぬ攻撃で要《い》らぬ傷を負ったのも事実だ。ここは出直すとしよう」

灰色の騎士は不利を悟《さと》って撤退《てったい》を決めた。万全《ばんぜん》の状態であれば孝太郎達《たち》全員を同時に相手にする事も出来る。混沌の渦にはそれだけの力がある。だが思わぬ早苗達の反撃《はんげき》と超時空反発弾によるダメージ、そして渦の力の浪費《ろうひ》と良くない状況が続いている。負けが込んでいる時は、出直しをすべきという判断だった。

『わらわ達がそれを許す訳がなかろう！』

ティアは赤と金で塗《ぬ》られた小型の無人戦闘機を操《あやつ》り、その砲口《ほうこう》を灰色の騎士へ向ける。逃がすつもりはない。すぐさま砲撃《ほうげき》するつもりだった。

「お前達がこいつらを放っておく事が出来れば、確かにそうなるだろう」

しかし砲口を向けられても灰色の騎士は落ち着いていた。最初から灰色の騎士は逃げる為の準備をしていたからだった。元々幾《いく》つかの謎《なぞ》に対する答えを求めての襲撃《しゅうげき》だった。孝太郎達を倒す事が目的ではないのだ。

『ティア殿下《でんか》、大量の空間歪曲《わいきょく》反応！　多数の機動兵器がこの場所へ送り込まれて来るようです！』

『なんじゃと!? すぐにネフィルフォランに連絡《れんらく》を!!』

ラルグウィン一派は地球を出てフォルトーゼへ帰った。宇宙戦艦《せんかん》の輸送スペースには機材や物資を詰《つ》め込んだので、本来そこに積まれていた機動兵器は地上の拠点《きょてん》に残された。灰色の騎士はその全《すべ》てをこの場所に投入した。他に使い道がないので、出し惜しみする必要はなかった。それに出現時の多くの空間歪曲反応は、ラルグウィンが同じ方法で撤退する時の目隠《めかく》しとなる。

「これはオマケだ」

それだけでは終わらず、灰色の騎士は開いたままになっている混沌の渦から何かを呼び出した。それもまた確実に撤退する為に用意してあったものだった。

『あれはまさか……シジマ・タユマか!?』

それを無人機のカメラ経由で見たキリハは驚きの声を上げた。渦から出現したのは巨大な黒い犬。かつてキリハの宿敵シジマ・タユマが混沌の力で暴走して変じたものにそっくりだった。

孝太郎が辿《たど》り着いた時、そこは既に大混乱の様相を呈《てい》していた。自動制御《せいぎょ》の機動兵器が飛び回り、巨大な黒い犬が走り回っている。その場所が人気のない河川敷《かせんしき》であった事、そしてゆりかと真希の人払いの結界が発動していた事が、辛《かろ》うじてその混乱が市街地の方へ拡大していくのを防いでいた。結果的に見て灰色の騎士が慎重《しんちょう》にナルファへ接触《せっしょく》した事がこの結果に繋がっている訳なのだが、孝太郎達にはそんな事に気付く余裕はなかった。

「奴《やつ》は何処《どこ》へ消え……いや、今はそんな事は良い！　ルースさん、ウォーロードをここへ呼べますか!?」

『直ちに！』

「機械の敵があんなに沢山《たくさん》！　どうしようどうしよう！　真希ちゃんどうしよう!?」

「落ち着きなさい、ゆりか！　一つ一つ対処するのよ！」

『ネフィルフォランの空挺部隊《くうていぶたい》が出撃《しゅつげき》した！　もうしばらくの辛抱《しんぼう》じゃ！』

現時点の孝太郎達の目標は、敵をこの場所に留める事だ。機動兵器群や黒い犬が市街地へ入れば大変な事になるだろう。そうなれば人命が奪《うば》われるのはもちろんの事、日本とフォルトーゼの宇宙外交に大きな影《かげ》を落とす。姿が見えなくなった灰色の騎士を追っている余裕はなかった。

『おじさま、あいつの攻撃を一発でも街の方へやったら私達の負けよ！』

『分かっている！　それにしても腹立たしい連中だ！　一つ一つの行動が、王者としての風格に欠ける！』

『ならば、わたくしとアルゥナイア殿《どの》の風格で守り切りますわよ！』

『望むところだ、クラン皇女！』

機動兵器群は素直《すなお》に孝太郎達を狙っていたので、今のところは大きな問題にはなっていなかった。おかげで孝太郎達が河川敷の土手を上ってしまわない限り、敵の攻撃が市街地へ流れる心配はなかった。問題は黒い犬の方だった。灰色の騎士が超時空反発弾の防御に多くのエネルギーを使ってしまったので、渦から呼び出した黒い犬はかつてのような大きさではなかった。しかしそれでも大きさは二十メートルを超《こ》えている。頭が土手よりも上に出てしまっているので、黒い犬の繰《く》り出す幾つかの攻撃が市街地へ向かう可能性があった。それを防いでいるのが巨竜《きょりゅう》に変じた静香とアルゥナイア、そして小型宇宙船『揺り籠《かご》』に乗ったクランだった。

『キィ、援軍《えんぐん》が来るまでしばらく頼《たの》みますわよ！』

「心得た――――が、怪物《かいぶつ》に追い回された経験は少なくてな、何とも言えない」

『そういう台詞《せりふ》が出るうちは大丈夫《だいじょうぶ》そうですわね』

「おや」

『姐《あね》さんはおいら達が守るホー！』

『クラノノムスメェ……クラノノムスメェェ……』

『来たホー！　姐御《あねご》、でっかいのが来たホー！』

　黒い犬は出現した当初からキリハの名を呼び、捜《さが》し続けていた。かつてはシジマ・タユマだったその魂《たましい》は、混沌に呑《の》まれて久しい。既に一人の人間としての個は失われ、混沌の一部となっている。だがそれでも彼が特に強く持っていた感情は辛うじて残っている。殺意、恨《うら》み、嫉妬《しっと》。そうしたものが黒い犬を駆り立てていたのだ。ならばその感情を利用して黒い犬を誘導《ゆうどう》する、それがキリハの作戦だ。その為にキリハは地上へ降りて来たのだ。

「……さて、厄介《やっかい》な事になった……」

　キリハはクランから借りたＰＡＦの力を使ってごく低い高度を飛行しながら、その頭脳をフル回転させていた。黒い犬の動きは組み合ったアルゥナイアが抑《おさ》え込んでくれていたので、問題は時々飛来する遠隔攻撃《えんかくこうげき》――――六つの黒い球体だった。それが市街地へ向かうと最悪の結果になる。またキリハ自身がやられてしまうと、自我《じが》を失ったタユマがどう行動するかが読めなくなるのでやはり問題だった。だからキリハは自身や市街地、河川敷にあるものの位置関係を頭に入れ、球体が妙《みょう》な場所へ飛ばないように移動し続けていた。

『姐さん、ロックオン検知！』

『機動兵器の砲撃だホ！』

「次から次へとっ！」

だが河川敷には機動兵器の群れもいる。それが時折彼女の移動を妨《さまた》げるのだ。そしてもちろんこの時も回避《かいひ》には注意が必要だ。黒い犬は今も彼女を狙っているので、強引《ごういん》な回避をすると街の方が危険だった。

『大丈夫じゃ、そのまま真《ま》っ直《す》ぐに進め！』

「助かった、ティア殿！」

『礼には早い、次が来るぞ！』

そんな時に助けてくれるのがティアだった。ティアは遠隔《えんかく》操作で三機の小型無人戦闘機を操り、キリハに接近しつつあった機動兵器を撃墜《げきつい》する。本当ならティアは黒い犬を倒す為にコンバットドレスで出撃したいところなのだが、何せ敵の機動兵器の数が多い。仕方なく彼女は三機の無人機を操っている。人工知能搭載《とうさい》とはいえ三機の無人機を手動で操縦するのは非常に厄介な行為だが、ティアはそれを平然とやってのける。こんな事はティア以外には誰《だれ》にもできなかった。

『防御はわたくしにお任せ下さい！』

ルースは敵の機動兵器がキリハを狙った時に、その防御を担当していた。ルースも扱《あつか》っているのは複数の小型の無人戦闘機だが、それらを一つの群れとしてコントロールしている。彼女はティアのように複数の機体に別々の行動を同時に取らせるのは得意ではないのだが、代わりに優《すぐ》れた制御技術で複数の機体を連携《れんけい》させて使用している。だから単純に操っているエネルギーの大小に関してはティアよりも優れていた。そんな訳でティアが攻撃し、ルースが防御するという住み分けが自然と出来上がっていた。

『それとおやかたさま、お待たせ致《いた》しました！』

「ありがとう、ルースさん！」

そしてルースはキリハの防御と並行して、軌道《きどう》上に停泊《ていはく》している『朧月《ろうげつ》』から孝太郎用の機動兵器を呼び出した。直径数メートルの円盤状の転送ゲートから、鮮《あざ》やかな青に塗られた身長五メートルの巨人《きょじん》が姿を現す。それはかつてエゥレクシスが使っていた人型の機動兵器ウォーロードⅢで、ティアとルースとクランが、孝太郎が使う為に改造したものだった。孝太郎は巨人に駆け寄ると前部装甲《そうこう》を展開させ、その中に乗り込んでいった。

「こいつならあのでかい奴が相手でも何とか戦える」

『お褒《ほ》めに預かり光栄です、青騎士閣下《あおきしかっか》』

孝太郎がコックピットに収まると、機体のシステムが勝手に立ち上がる。この巨人の制御システムは宇宙戦艦の『青騎士』と同様に、孝太郎が着ている鎧《よろい》と同期するように改造されているので使い勝手も同じだった。

「我も一緒《いっしょ》に乗せて貰《もら》おう」

出撃する為に前面装甲を閉じつつあったウォーロードⅢだが、完全に閉じ切る前に一人の少女がその隙間から滑り込んで来た。

「キリハさん⁉」

コックピットに滑り込んで来たのはキリハだった。通常の操縦装置が外され、孝太郎用の操縦装置に置き換《か》わっているので、コックピットはエゥレクシスが使っていた頃《ころ》よりも若干《じゃっかん》広くなっている。キリハはその隙間に上手《うま》く入り込んだ格好だった。

『操縦方法をダイレクトコントロールに固定』

キリハが入って来たので、ウォーロードⅢのシステムが自動的に操縦方法を変更《へんこう》する。ウォーロードⅢには――――厳密には再建造中の『青騎士』もそうだが――――鎧が孝太郎の動きを読み取って巨人に伝えるマスタースレイブ方式と、鎧が孝太郎の脳や神経を流れる意思を読み取って巨人に伝えるダイレクトコントロール方式の二種類の操縦方法がある。前者は直観的に操縦出来て間違いが少なく、後者は身体を動かさずに済むので動きが速い。通常は状況によって使い分けられるものだが、今回はキリハが乗ってきてスペースが限られるのでダイレクトコントロールで操縦される格好だった。

「どうしてこんなところに!?」

「お姫様抱《ひめさまだ》っこに憧《あこが》れがあったのだ」

そのキリハは孝太郎に抱《だ》き抱《かか》えられ、彼女が孝太郎の首に手を回した状態でコックピットに収まっている。彼女が言うように、それは確かにお姫様抱っこだった。

「真面目《まじめ》にやれ!」

「こうすれば黒い犬――タユマはこの機体だけを狙《ねら》う」

「そういう事か。俺達《おれたち》相当恨まれてるだろうからな」

青い装甲の巨人が出現すると、黒い犬の注意が一度キリハから離《はな》れた。タユマの魂の残《ざん》骸《がい》は孝太郎の事も殺したいと思っているのだ。しかしそれはこの状況では危険な事だ。孝太郎とキリハの間で狙いが行ったり来たりすれば、攻撃が何処へ飛ぶか分かったものではない。狙いを絞らせる為に、キリハはこうする必要があったのだった。

「うむ。決してお姫様抱っこをして貰いに来た訳ではないのだ」

「……本当はタユマの狙いを絞らせる別の方法があったろ?」

「ない。PAFで身体を固定する。我の事は気にせず存分に戦え、里見孝太郎」

「この件は後で徹底追及《てっていついきゅう》するからな?」

「それが可能な結末を願うばかりだ」

戦闘《せんとう》態勢が整ったウォーロードⅢは孝太郎の意思に従って黒い犬へ向かっていく。コックピットはなるべく揺れないように設計されているが、それでも移動に合わせて軽く上下している。キリハは言葉通りＰＡＦの設定を変更して身体をコックピットに固定し、自らも孝太郎の首に腕《うで》を回してしっかりと抱き締《し》めるようにする。

ちゅっ

その時にキリハは何か余計な事をやったようなのだが、戦いの準備に忙《いそが》しい孝太郎はその事には気付かずに終わった。

ウォーロードⅢにキリハが乗り込んだ事で、黒い犬はこれまで彼女を追っていた以上の勢いでウォーロードⅢを追い始めた。それは組み合っているアルゥナイアを引き摺《ず》り始める程だった。やはり黒い犬、タユマにとってはキリハと孝太郎に対する恨みは計り知れなく大きいのだった。

『里見君、敵の攻撃力《こうげきりょく》が読めません。最初は全ての力を防御に回します！』

前進するウォーロードⅢを白い光が包《つつ》み込む。その光は、晴海が操るシグナルティンの力だった。黒い犬のサイズはかつてのそれよりも小さかったが、混沌の力を使っている以上、特定の条件ではより危険である可能性があった。晴海が防御を重視したのは賢明《けんめい》な判断だろう。

「頼みます、桜庭先輩《せんぱい》！　代わりにお前が全力で攻撃しろ！　あの黒い犬に対する自動攻撃を許可する！　隙あらば撃《う》ち込んでいけ！　ただし何があっても街は撃つなよ!?」

『仰《おお》せのままにマイロード。火器管制設定変更、自動攻撃頻度《こうげきひんど》高。安全装置の条件再設定。これに伴《ともな》い自動防御の設定を調整』

ウォーロードⅢには多くの火器が搭載されている。それらは孝太郎の鎧についているものよりも強力なので、この状況では積極的に使っていくべきだろう。そして孝太郎自身は剣《けん》と盾の扱いに集中する。元々孝太郎はそれほど飛び道具は得意ではないので、手強《てごわ》い相手にはこうした役割分担は効果的だった。

『胸部レーザーカノン砲撃《ほうげき》開始』

キュキュキュキュキュキュッ

早速《さっそく》ウォーロードⅢがレーザー砲の砲撃を始める。やはり市街地が近いので飛び道具はレーザーが使い易《やす》かった。見ている場所に即座に当たる正確さと速さ、砲撃を止めようと思えばすぐに止められる高度な安全性。それらは実弾《じつだん》砲やビーム、ミサイルにはない優れた特性だった。

「里見孝太郎、タユマの主な防御はやはり霊子力フィールドのようだ。今カラマとコラマにフィールドの分析《ぶんせき》をさせている」

キリハはただ孝太郎に抱かれているだけではなく、情報の分析を担当していた。幸いフォルトーゼの技術はその態勢でもコンピューターを扱う事を可能にしてくれていたし、額の紋章を通じて全ての情報を孝太郎に届ける事が出来た。おかげで今の孝太郎はレーダーや機体のパラメーター等を見る必要がないので、とても助かっていた。

「今のところはフォルトーゼの武器でゴリ押《お》しで良いってコトかい？」

「そうなる。ただし混沌そのもので防御してくる場合もあるだろうから注意を」

「分かった！」

黒い犬はかつてと同じく霊子力フィールドを主な防御に使っていた。これは元々大地の民であったタユマの自然な発想だろう。霊子力フィールドは霊力や魔法《まほう》の攻撃を効率的に防ぐが、単純な力押しには弱い。つまりウォーロードⅢの通常の武器を使うのが良い訳だが、問題は黒い犬が混沌《こんとん》の渦から出てきたという事だ。いざとなればその力を使って来る事は間違《まちが》いないので、それは警戒しておく必要があった。

「エネルギーソードを起動しろ！」

『仰せのままにマイロード』

ウォーロードⅢの主武装は孝太郎に合わせて騎士剣になっており、小規模ながら宇宙戦艦の『青騎士《あおきし》』と同様にビームソードの機能が備わっている。ビームソードは超高温《ちょうこうおん》の重金属粒子《りゅうし》が刀身を覆《おお》う構造で、仕組みだけならビーム砲と同じだが、飛ばさない分だけ威《い》力《りょく》が高い。機動兵器クラスのビームソードなら、およそあらゆる物体を切断出来る。なるべく飛び道具を使わずに黒い犬と戦うなら、正しい選択肢《せんたくし》の一つと言えるだろう。

『対物エネルギーソード、命中同期モードで起動』

「でかいのは俺《おれ》と大家さんでやる！　みんなは機動兵器を頼む！」

『任せておくがよい、機械仕掛《じか》けの敵にやられるようなわらわ達《たち》ではない！』

『おじさま、ここが踏《ふ》ん張りどころよ！』

『分かっている！　儂《わし》ら以外にこやつを抑えられる者はいないからな！』

アルゥナイアは密着状態で黒い犬と組み合っていた。黒い犬はそれを嫌《きら》い、抜《ぬ》け出そうともがいている。やはり黒い犬はキリハと孝太郎を攻撃したいのだ。やむを得ず黒い犬は六個の黒い球体を生み出し、ウォーロードⅢを狙って発射を繰り返している。孝太郎はウォーロードⅢを巧《たく》みに操って、その球体を盾で防ぎ、あるいはかわしながら黒い犬に接近していった。

「盾は何とかもってくれているか」

「晴海の魔法と霊子力フィールド、空間歪曲場。三重の防御《ぼうぎょ》が効いているようだ」

「あとは俺《おれ》次第《しだい》か！」

「いいや、我ら次第《しだい》だ」

不意に孝太郎の視界に緑色のマークが幾つか見えるようになった。それは黒い犬の霊子力フィールドの弱い部分。タユマが感覚的に発生させている霊子力フィールドなので、強度にムラがあるのだ。それを埴輪《はにわ》達が読み取り、キリハが額の紋章を経由して孝太郎に伝えていた。

「そういう事かっ、そのまま頼む！」

「はいっ！」

日頃《ひごろ》キリハが滅多《めった》に見せないキィとしての顔。狭いコックピットに二人だけだからか、その顔が僅《わず》かに覗《のぞ》いている。それに孝太郎が気付いていないのは彼女にとってちょっとした不幸ではあるのだが、お互《たが》いにそこに気付く余裕はなかった。

「こいつでぇっ、どうだぁっ！」

ブンッ

黒い犬に接近したウォーロードⅢは、孝太郎の意思に従って手にしている長大な剣を振《ふ》るった。すると剣が黒い犬に命中する直前に、刀身がビームに包まれる。エネルギーの節約の為《ため》に命中のタイミングでビームが出るように設定されているのだ。

『ギャオオオォォォォォォッ』

エネルギーソードはキリハが教えてくれている霊子力フィールドの弱点の一つに命中した。すると剣の運動量と刀身に宿したエネルギーは容易《たやす》くそれを打ち破り、剣は黒い犬の腰《こし》のあたりに命中した。

『青騎士《あおきし》っ、すぐに離れろ！』

「アルゥナイア殿⁉」

『この犬は身体の作りがインチキなの！』

普通《ふつう》であれば腰の辺りには太い神経や重要な臓器が集まっていて、一撃《いちげき》で致命傷《ちめいしょう》になる事が多い。そうでなくても追撃《ついげき》を入れて無力化を考えたいところだった。だがこの黒い犬の身体はタユマのイメージによって作られたものなので、体内の構造まで再現されている訳ではない。これは何度か急所に拳《こぶし》を打ち込《こ》んでみた静香の結論だった。そういう身体の構造なので、撃ち込まれた剣によって身体を構成するエネルギーが大きく奪われてダメージは受けたものの、致命傷や無力化には至っておらず、黒い犬はそのまま例の球体で反撃した。

『ゴアアァアァアァアァアァアッ』

「おおっとぉぉっ⁉」

ドゴォッ
孝太郎の盾に黒い球体が二つ命中する。近かったせいでかわし切れなかったのだ。多くの力を防御に集中させていたので、球体は一発ずつなら何とか防げる。だが今回は二つ。激しい衝撃がウォーロードⅢ、そしてコックピットの孝太郎とキリハを襲った。

「おわぁっ⁉」

「きゃうぅっ！」

この時、孝太郎はキリハの身体を強く抱き締めていた。特に何かを考えての行動ではない。目の前にあるその命を反射的に守ろうとしただけなのだ。だが結果的に孝太郎のその行為は無意味なものとなった。幸い機体が損傷するようなダメージはなかったし、彼女の身体はＰＡＦが強固に守っていたからだ。

「………」

だが孝太郎の腕の中からその顔を見つめているキリハにとっては、決して無意味ではなかった。むしろそれが全てだと信じられるほどに。

――ここに居るのが誰であっても、やはりこうするのだろうな……かつてキィを守ろうとしてくれたように……。

キリハはそんな事を思いながら自然と孝太郎の身体を抱き返していた。孝太郎は金属製の鎧を着ているので、決して抱き心地《ごこち》は良くない。だがその向こう側にある魂を感じられるから、それでキリハさんは満足だった。

「無事か、キリハ!?」

「うむ」

「機体のダメージは？」

『軽微《けいび》。損傷回路をバイパス中……終了《しゅうりょう》』

「よし、もう一度いくぞ！」

孝太郎はキリハから手を放しながら、ウォーロードⅢを一旦《いったん》大きく後退させる。キリハの方は手を放さない。彼女はそのまま両腕《りょううで》でしっかりと孝太郎に抱き着くような形で身体を固定した。そして胸の内にある気持ちをおくびにも出さず、少し前までと同じ調子で孝太郎に助言した。

「孝太郎、あれが仮に生き物の構造を持っていないとしても、頭か胸を攻撃《こうげき》してみる事を勧《すす》める」

「どういう事だい？」

「タユマが漠然《ばくぜん》と人の意思のありかをそう考えているかもしれないという事だ」

もし黒い犬の身体がタユマのイメージで作られているのなら、臓器のイメージは出来ていなくても、心のありかは漠然とイメージしているかもしれない。そこへシグナルティンの力を打ち込めれば、他を攻撃するよりも効果が期待できるだろう。

「なるほどな、やってみよう！」

キリハの助言は明確に根拠《こんきょ》がある話ではなかったのだが、孝太郎にはその言葉が正しく感じられた。

――――もっともキリハさんの言葉なら、根拠なんかなくても良いんだがな……。

そしてほんの一瞬《いっしゅん》、孝太郎の視線がキリハの顔に向けられる。それを感じたキリハが目を上げた。

「どうした？」

「今日もキリハさんは賢《かしこ》いなと」

「汝《なんじ》を勝たせたくて必死なのだ」

「それは勝たないと大変な事になるな！」

孝太郎はウォーロードⅢに剣と盾を構え直させると、再び黒い犬に向かって機体を突進《とっしん》させた。その時に黒い犬に向けられた孝太郎の視線は、一瞬前までキリハに向けられたそれとは全く違《ちが》っている。必ず打《う》ち倒《たお》さんという意志が込められた、強く鋭《するど》い視線だった。

灰色の騎士は自らが逃《に》げ出す為に黒い犬と多数の機動兵器を残していった訳なのだが、その多数の機動兵器を相手に、意外なほどに活躍《かつやく》していたのが愛と勇気の魔法少女☆レインボゥゆりかだった。

「真希ちゃん、一度離《はな》れて！　次を撃ちます！」

「頼むわ、ゆりか！」

「コントロールドアシッドクラウド！」

ゆりかは愛用の杖《つえ》を掲《かか》げて高らかに呪文《じゅもん》を詠唱する。詠唱した呪文は攻撃魔法《こうげきまほう》、強酸性の雲を作り出して自由自在に操るという魔法だった。それが機動兵器を相手に猛威《もうい》を振るっていた。ゆりかは杖をくるくると動かして、生み出した強酸性の雲を操り、機動兵器を順番にその雲の中に収めていく。雲は決して速くはないのだが、何故《なぜ》か機動兵器はそれをかわそうとせず、大人しく呑み込まれてしまっていた。

バジュウウウゥゥゥゥ

雲に触《ふ》れた機動兵器は数秒後に機能を停止して地面に転がった。その数は既《すで》に十数機に及《およ》ぶ。強酸性の雲に触れる時間はほんの僅かで構わない。それだけで雲は機動兵器にある隙間《すきま》から機体内に入り込み、重要な回路を溶《と》かしてしまう。機動兵器に搭載されている人工知能が攻撃されていると認識《にんしき》する前に、その人工知能の回路が溶けてしまうというような状況《じょうきょう》だった。

『……これがコロンブスの卵というやつかのう……』

その様子を自身が操る小型無人機のカメラを通して見ていたティアが、呆《あき》れ半分感心半分の溜《た》め息《いき》をついた。

『人工知能は硫酸弾《りゅうさんだん》を撃ち込まれる事は想定していても、完全にコントロールされた強酸性の雲で攻撃されるなどとは考えません。これはユリカ様の発想の勝利です』

ルースもまたティアと同じ事に驚いていた。だが素直な彼女《かのじょ》は、単純にゆりかの手腕《しゅわん》を褒め称《たた》えた。機動兵器の側からすると、強酸性の雲は『湿度《しつど》が妙に高くなっている場所』として認識される。観測用ドローンを放出して詳細《しょうさい》に調べればそれが強酸性であると分かるかもしれないが、武器が発生させた訳でもない湿度の偏《かたよ》りに対して人工知能は調査の必要性を認めない。だからゆりかが操る強酸性の雲に、霧《きり》があるらしい、というぐらいの認識で入ってしまう。そもそもそれが攻撃だと認識出来ていないのだ。しかもそれを攻撃だと認識する為のセンサーが真っ先に腐食《ふしょく》するので、攻撃を受けている最中ですら、それを認識する事が出来ない。正体不明の機能不全――――攻撃された機動兵器はそのように考えるので精いっぱいだった。

もし機動兵器の人工知能に『魔法使いが強酸性の雲をコントロールして攻撃してきているのではないか』という論理の飛躍《ひやく》が出来れば防ぐ事も出来たのだろうが、残念ながらやたらと可愛《かわい》いピンク色の服を着た少女と、無色透明《むしょくとうめい》な湿度の高い場所を、謎の機能不全と結び付けて考える人工知能は現れなかった。

「いいわよゆりか！　その調子で続けて！」

「……でもこれって愛と勇気の魔法少女の攻撃じゃない気がしますぅ……」

機動兵器はむしろ近くで大きな剣を振るっている真希の方を警戒していた。彼女が謎の機能不全の原因だと考えているのだ。もちろん真希はそうなる様に幻影《げんえい》の魔法を使っている。幻影で作った手榴弾《しゅりゅうだん》のようなものを、ゆりかの雲に合わせて投げていたのだ。むろんそんな事をすれば真希に攻撃が集中するのだが、実は彼女の姿も幻影であり、本物は別の場所に居る。おかげでゆりかの攻撃は一方的に行われていた。

『以前から思うておったが、ユリカの奴はこういう事にだけはやたらと頭が回るのう』

『ユリカ様が味方でよろしゅうございました。もしあの方が出逢《であ》った頃の時点で本気を出

していたらと思うと、背筋が凍《こお》る思いでございます』

『全くじゃ……ともかく、あやつを守るぞ！　今はあやつが攻撃の要じゃ！』

『仰せのままに、マイプリンセス！』

「違う、違うんです！　そういうつもりじゃないんですぅ！　こういう活躍は全然違いますぅっ！」

　ゆりかが一方的な戦果を挙げている反面、とにかく機動兵器は数が多い。謎の機能不全がゆりかの仕業《しわざ》だとバレてはいないが、ゆりかが敵の一人だという事は機動兵器にも分かっている。何かの拍子《ひょうし》でゆりかが攻撃されては、一気に危機的状況に陥《おちい》りかねない。ティアとルースは攻撃の傍《かたわ》ら、ゆりかを守る為に小型無人機を集結させ始めた。

　静香はアルゥナイアの身体を借りて、空手の技で黒い犬の行動を封《ふう》じようとしていた。実は武術としての空手には関節《かんせつ》技や投げ技もあるのだ。だが黒い犬には今一つそれらが上手く決まってくれない。やはり黒い犬の身体の構造が、生物としてしっかりしていないせいだった。

『おじさま、関節技は軒並《のきな》み駄目《だめ》みたい。関節が変な方向まで曲がるみたいなの』

『投げ技はどうだ？』

『犬は人間とは重心の位置が違うから、そもそも通じない技が多いの。通じそうなやつはだいたい関節技から入るようなのばかりだから』

『それはつまり、あの者が知っているような明確な弱点に、力技を叩《たた》き込むしかないという事だ』

『でもその為に手を離したら危ないんじゃないかしら？』

身体の構造があやふやであっても、両手で身体を掴《つか》むという単純な手段なら黒い犬の動きを止める事が出来た。問題はその状態では、アルゥナイアにも攻撃が出来ないという事だった。黒い犬の力は強く、片方でも手を離したら暴れ出すのは目に見えていた。

『竜《りゅう》らしくやってみるさ！』

カッ
アルゥナイアは口から火炎《かえん》を吐《は》き出した。火炎による攻撃は市街地への影響《えいきょう》を考えて避《さ》けていたのだが、アルゥナイアはこれまでの黒い犬の様子から比較的《ひかくてき》安全なタイミングを見付け出していた。

『効いてない⁉』

だが安全なタイミングは効果的なタイミングとイコールではない。黒い犬の胸に命中した火炎は表皮を焼いただけで、大したダメージは与《あた》えられずに終わった。全力の火炎ではなかったのだ。

『いや、これで良いのだ！』

「こいつでぇっ、どうだあぁぁぁあぁぁぁぁぁっ!!」

火炎が消えたまさにその時、孝太郎が操るウォーロードⅢがエネルギーソードを構えて黒い犬に斬《き》りかかった。アルゥナイアが吐いた火炎は黒い犬の視界を塞《ふさ》ぐためのもの。本命はこの孝太郎の一撃だった。

ザンッ

『グギャアアアァアァァァァ!?』

孝太郎の狙いは黒い犬の頭部。剣は見事にそこへ命中した。その傷は浅かったが、黒い犬はこれまでにない程《ほど》に苦しんでいた。

「効いている！」

「どうやらタユマは自分の心のありかを頭だと考えていたようだな」

黒い犬――――タユマが自分の心のありかを頭と考えているから、頭に受けた一撃で大きなダメージを負った。孝太郎の一撃でエネルギーが奪われるだけではなく、心そのものにも傷を負ったのだ。もしキリハが黒い犬であったのなら、剣を胸に刺《さ》さねばダメージは無かったに違いない。キリハは漠然と魂が胸に宿ると考えているし、大事な宝物のカードが胸元《むなもと》にしまわれているからなおの事そうだった。

『ガァア、クラノノムスメェ、アガガ、クラノォ………』

『里見君！』

「分かってる！」

静香が警告を発した時には、既に孝太郎は機体を後退させていた。おかげで黒い犬が振り回した爪《つめ》は空を切った。先程《さきほど》一度痛い目を見ているので、孝太郎に油断はなかった。

『………どうやら獣《けもの》の身体と人間の身体、両方の良いとこ取りになっているようだな』

『ずるいわ、あんなの！』

完全に犬の身体であれば、前脚《まえあし》を振り回して爪で攻撃するのは難しい。正面にいるアルウナイアを狙うならまだしも、側面やや後方のウォーロードⅢを狙うのは構造的に困難なのだ。それが出来るという事は、肩《かた》や腕の構造が人間に近いという事で、かつ人間よりも爪が鋭いという事になる。静香が繰り返し非難するのも頷《うなず》ける身体構造だった。

ガッ、ガガガッ

「なんだ⁉」

爪はかわした筈《はず》なのに、ウォーロードⅢは大きな衝撃《しょうげき》を受けた。すぐにコックピットのモニターにダメージの警告が出る。

『アラートメッセージ、左腕《ひだりうで》シールドが損壊《そんかい》、防御効果が期待出来ず。投棄《とうき》を推奨《すいしょう》』

「攻撃はかわした筈だぞ⁉」

『肯定的《こうていてき》推論。本機は敵性巨大《きょだい》生物による近接攻撃を完全に回避。しかし最接近部分であるシールドが損壊。本機が感知できない攻撃手段が存在しているものと推定』

ウォーロードⅢの人工知能は、爪の外側に何らかの攻撃手段が存在していて、それに触れた事で盾《たて》が破壊《はかい》されたと判断していた。だが孝太郎とキリハの判断は少し違う。

「この辺のインチキ具合はヴァンダリオンと同じか」

「混沌の力に深く触れた者にとっては、現実はさほど重要ではないようだな」

二人は黒い犬が現実を無視して攻撃していると考えている。それは黒い犬の身体がまともではないのと同じで、タユマの都合に合わせて攻撃範囲《こうげきはんい》が広がったという事だ。ヴァンダリオンとの最後の戦いでは、こうした例を何度となく経験していた。

「とはいえダメージを与えたのは事実だ！　戦いようはある！」

「だが決着を急ぐ必要があるな。向こうが現実の改変を自覚し始めると厄介だ」

『儂とて世界のルールぐらいは守るが……あやつはそれすらなしか』

『混沌の力って、やっぱりそういう事なんでしょうね。嫌《いや》だわ』

黒い犬の身体はタユマの都合によって存在しているだけで、実際には混沌の力そのものと戦っている――――その辺りの事を頭に入れておかねば、ウォーロードⅢとアルゥナイアであっても黒い犬に敗れ去るだろう。非常に危険な相手だった。


逃げろと言われていたものの、ナルファは結局遠くから戦いの様子を見守っていた。どうしてもそこから去ってはいけないような気がしていたのだ。ナルファも自分には何の力もない事はきちんと分かっている。特別な力も、武器を使う才能も、科学の知識もない。出来る事はただ見守っている事だけ。それでもナルファには去る事が出来なかった。もしこの場所を去ってしまったら、心の中にある決して裏切ってはいけない何かに、背を向けてしまうような気がして。だからナルファはそこに立ち、ただただ祈《いの》りながら戦いの行方《ゆくえ》を見守っていた。

「………コータロー様………どうか、ご無事で………」

ナルファは孝太郎達《たち》が攻撃をされる度に、胸が潰《つぶ》れそうな気持ちになる。自分が攻撃されそうになった時も怖《こわ》かったが、孝太郎達が攻撃されている時はそれ以上だった。いつも笑顔《えがお》を向けてくれる人達が危険に晒《さら》されていると、ナルファは落ち着いて見ている事が出来ない。何も出来ないのがもどかしく、出来れば代わりたいぐらいだった。

「……ああ、どうしてあんなものが……」

そんな彼女が一番心を痛めていたのが黒い犬の存在だった。彼女は黒い犬から何かとても良くないものを感じていた。それは灰色の騎士から感じたものとよく似ている。何かドロドロとした不明瞭《ふめいりょう》なものが渦《うず》を巻いている気配。だがそれでいてはっきりと危険だと分かる。ナルファが危険なのではない。孝太郎達が危険に晒されている。もはや理屈《りくつ》ではないのだが、その事がナルファの不安を掻《か》き立てていた。

「……誰でも良いから、あれからコータロー様を守って……」

そして特に彼女が不安になったのは、ウォーロードⅢの盾が消滅《しょうめつ》した時だった。攻撃が命中した訳でもないのに、まるで最初からそこに存在していなかったかのように、持ち手を残して盾が消滅した。それは誰が見ても異常な光景で、ナルファだけでなく近くにいた黒服達も大きく動揺《どうよう》していた。

「大丈夫だよ、ナルちゃん。コウ兄さん達を信じよう？」

「コトリ……」

そんな状況でナルファの支えになっていたのが、その親友を自認《じにん》する琴理だった。琴理は文字通りの意味でナルファの身体を支えながら、不安そうにしているナルファに笑いかけた。

「昔のコウ兄さんは誰にも頼《たよ》らなくて危なっかしかったけど、今は違う。沢山《たくさん》の友達や仲間がいて、その人達に頼っても良いんだって分かってるもの。だからきっと大丈夫」

「女の子ばっかりなんだけどな」

「兄さん!! どうしてそういう穢《けが》れた見方しか出来ないんですか!? なんだかんだでコウ兄さんが一番信用してるのは兄さんだっていうのにっ!!」

「お、落ち着け琴理! 今のは場を和《なご》ませようとしたジョークだ! 分かってる、ちゃんと分ってるから!」

「言っていいジョークと悪いジョークがあります!」

「…………ふ、ふふふ…………」

琴理と賢治の頑張《がんば》りで、ナルファに僅かだが笑顔が戻《もど》ってくる。その笑い声を聞いて一度顔を見合わせた後、琴理と賢治は再びナルファに笑いかけた。

「今のあいつは大丈夫《だいじょうぶ》さ。信じて待っていれば良い」

「そうよナルちゃん。コウ兄さんの事が好きなら、誰よりもナルちゃんがコウ兄さんを信じてあげないといけないいんじゃない？」

「……ケンジとコトリは、コータロー様の事がよく分かっているんですね。ちょっと、自信がなくなります……」

　賢治と琴理の言葉からは、孝太郎との長い付き合いからくる深い理解が感じられる。それは出逢って幾《いく》らも経《た》っていないナルファにはないものだった。

「そんなの時間の問題よ。今はそうでも、何年か先も同じじゃないわ」

「そうだぞ、今のあいつは昔と違って隙《すき》が多いからな。ナルファさんみたいに素直《すなお》で良い子なら、遠からず懐《ふところ》に滑《すべ》り込める筈だ」

「兄さん言いたい事は分かるけど、言い方！」

「ス、スマン」

「ふふふ……よく分かりました、二人共。その第一歩として、今は信じて待ちます」

「そうよ、ナルちゃん。信じるの。私達には未来があるって」

「はい」

　ナルファの瞳《ひとみ》から不安が消えた訳ではない。だがそこには強い意志の力が戻ってきている。そのおかげで彼女の表情からは弱々しさが薄《うす》れていた。これは間違いなく琴理と賢治の頑張りの成果だった。

――きっとある……私とコータロー様の未来……他の皆《みな》さんには及ばないかもしれないけれど、それでも私とコータロー様が元気にしている未来がきっとある……それを信じよう……。コトリとケンジが言うように……。

この時、小さな異変が起こりつつあった。ナルファの身体から微《かす》かな光が放たれ始めたのだ。それは彼女の髪《かみ》の色と同じ、虹色《にじいろ》の光だ。その光は彼女の気持ちの強さに比例して輝《かがや》きを増していった。これは以前にも一度あった出来事だが、その光はかつてのそれよりもずっと強かった。そしてそのおかげで、その輝きは他人の目に留《と》まる事となった。

「あれっ、ナルちゃん、この光はなぁに？　撮影《さつえい》用のライトか何か？」

「えっ？　光って？」

ナルファの光に気付いたのは琴理だった。琴理は不思議そうな顔で光を見ている。だがナルファがフォルトーゼ人であったおかげで、驚《おどろ》いたり取り乱したりするような事は無かった。そういう道具やアクセサリーがあるんだろうぐらいにしか思わなかったのだ。この事に驚いていたのは別の人物だった。

「なるほど……この場合に力を発揮するのか！」

ナルファが発している光に気付いている者がもう一人いた。それは孝太郎達から少し離れた場所から、ずっと戦いを観察していた灰色の騎士だった。十分な安全さえ確保できば、黒い犬と戦い続ける孝太郎達は絶好の観察対象だった。

「これはタユマを出した甲斐《かい》があったな……」

自身の危険に際しても力を発揮しなかったナルファ。それが今、何故か力を発揮しつつある。それを目撃《もくげき》した灰色の騎士の瞳は、興奮で強く輝いている。こうして彼《かれ》はまた一歩、真のゴールに近付いたのだった。

現実離《ばな》れした戦い方をする黒い犬に対し、孝太郎達の決死の攻撃が続いていた。アルゥナイアが黒い犬の動きを止め、孝太郎が剣で攻撃する。頭を狙えばダメージを与える事は出来るのだが、少しずつ孝太郎達の側が圧され始めていた。それはやはり、混沌の力の影響だった。

『青騎士《あおきし》、悪い知らせだ。そろそろこちらの余力が尽《つ》きる』

『直接触《さわ》ってるせいか、向こうの力がおじさまの魔力《まりょく》を汚染《おせん》してるみたいなの！　これ以上続けるとまずいわ！』

「勝負に出るしかないか！　桜庭先輩、良いですね!?」

『貴方《あなた》と一緒《いっしょ》なら、それで本望《ほんもう》です』

早苗が灰色の騎士の剣《けん》から侵食《しんしょく》を受けたように、アルゥナイアもまた黒い犬から侵食を受けていた。黒い犬の力が灰色の騎士の剣程《ほど》ではなかった事と、アルゥナイアの魔力が強大であったおかげでここまで持ちこたえていたが、流石《さすが》にこの辺りが限界だった。手を離せば侵食は防げるが、自由に動き回る黒い犬が市街地を破壊するのは目に見えている。だから孝太郎は、ここは防御を顧《かえり》みず攻撃に出る時だと思った。少し離れた場所でシグナルティンのコントロールに専念していた晴海も同じ意見だった。

「我には覚悟《かくご》を尋《たず》ねないのか、里見孝太郎？」

キリハは恨《うら》みがましい視線を孝太郎に向ける。孝太郎は晴海には覚悟を訊《き》いたのに、自分には訊かない。キリハは不満だった。

「魔力の余力を確認《かくにん》したかったんだよ、あれは」

孝太郎が知りたかったのはシグナルティンと晴海の余力だったのだが、晴海はどちらにも余力があったので、ああいう答え方をしたのだ。

「知っている」

「なら文句言うなよ」

「最後の会話になるかもしれないからな……」

実のところキリハには孝太郎と晴海のやり取りの意味は分かっていた。だがこの先の事を思うと、言葉を交《か》わしておきたかった。どんな言葉でも良かったのだ。キリハは孝太郎の首に腕を回し、ふわりと抱《だ》き締めた。

「……今日も例のカードは持ってきているのかい？」

孝太郎は彼女の豊かな胸にそっと手を当てる。彼女が宝物のカードを持って来ているのだとしたら、きっとそこにある筈だった。するとキリハはほんの少しだけ頬《ほお》を膨《ふく》らませると、まるで幼い少女のような口調で孝太郎の耳元に囁《ささや》いた。

「もぉ、こういう時にはこんなに簡単に触《さわ》ってくれるのに……普《ふ》段《だん》も触ってくれて良いんだよ？」

「君らぐらい大事な相手だと、安易な下心は出ないんだよ」

「それって普通は下心って言わないんだよ。ふふふ……」

そうしてキリハは微笑《ほほえ》み、右手を胸元の孝太郎の手の上に重ねる。これが最後の会話になったとしても、キリハは満足だった。

ポゥ……

そんな時だった。しっかりと重ね合わされた孝太郎とキリハの手から、緑色の光が漏《も》れ始めた。その光は急激に輝きを増し、あっという間にコックピットを覆い尽《つ》くした。

「なんだ、この光⁉」

「孝太郎、理由は分からないが、我らの力が急激に増しているようだ！」

キリハの額にある紋章《もんしょう》もまた、全く同じ色で光《ひか》り輝いていた。そして同じ事は他の八人の少女達《たち》にも起こっていた。ティアは赤、ゆりかは青といった具合に、それぞれの額に刻まれた剣の紋章と同じ光が彼女達《かのじょ》を包んでいた。それはそれぞれの力が高まっている証。それを悟《さと》ったキリハは孝太郎の判断を待たずに即座《そくざ》に指示を出した。

「みんな、すぐに攻撃を！　その光が消える前に！」

キリハを包む緑色の光は、彼女の知性を大幅《おおはば》に増大させていた。緑の光の特性上、キリハは情報系の魔法も使えるようになっているのだが、彼女の場合はやはり知性の増大が主な変化となる。その強化された知性によって、いち早くヴァンダリオンと戦った時と同じであると気付いた彼女は、仲間達に驚くのを後回しにして戦う事を求めた。どこから来ている力なのか分からないし、しかもいつまで続くものなのかも分からない。ただし力の総量は圧倒的《あっとうてき》なので、多少無茶《むちゃ》であっても攻撃に出るしかなかったのだ。

――カラマ、コラマ、急いでナルファのもとへ！　彼女が光をまとっているかどうかの確認を！

――頭の中で姐《あね》さんの声がしているホー⁉

――訳が分からないけれど、指示は了解《りょうかい》だホー!!

他にキリハが知っている事と言えば、以前似たような状況でナルファも光を放っていたという事くらい。だが今の強化されたキリハの知性をもってしても、それが何の意味を持っているのかまでは分からない。埴輪達に真実の欠片《かけら》を拾い集めるように命じるところまでで精一杯《せいいっぱい》だった。

『殿下《でんか》、いつぞやのように殿下の攻撃力《こうげきりょく》が増大しているのでしたら、コンバットドレスで出撃《しゅつげき》なさいますか⁉』

ルースの身体は黄色い光に包まれていた。黄色い光は防御や強化を象徴《しょうちょう》している。数多くの無人戦闘機《せんとうき》を連携《れんけい》させて防御的《ぼうぎょてき》に運用する彼女に適したものと言えるだろう。

『この状況ならもっと良い方法がある！　そなたの無人機の火器管制を全《すべ》てわらわに回すのじゃ！　代わりに機体のコントロールは任せる！』

ティアの身体を包んでいるのは赤い光だ。赤は単純なエネルギーを象徴する光で、その輝きは主に物理的な攻撃力の増大という形でティアを強化する。おかげでコンバットドレスで出撃すると圧倒的な攻撃力が得られる訳だが、今の状況ではそこまでの攻撃力は必要ない。機動兵器を倒《たお》せるだけの火力があれば十分なのだ。その意味においてはルースが操《あやつ》っている小型無人機の火器で問題ない。赤い光で攻撃力を増大させれば、一撃で敵の機動兵器を撃破《げきは》できる。それからティアは多数の小型無人機を操って、手数で勝負をしようと考えているのだ。それからティアはルースと共に、次々と敵の機動兵器を撃破していった。

「このいっぱい飛んできてる魔法《まほう》は藍華《あいか》さんかい⁉」

『はい！　今ならこの距離《きょり》でも里見君に魔法がかけられるので！』

真希の身体を包んでいるのは藍色《あいいろ》の光。元々彼女は心を操る藍色の魔法を使うので、光は彼女の得意魔法を強化する方向で作用していた。そのおかげで本来なら届かない距離にいる孝太郎に次々と魔法をかける事が出来る。黒い犬相手には攻撃魔法は効きにくいが、魔法で孝太郎の反射神経や視力を強化する事には非常に大きな意味があった。

「ゆりかはどうしてる？」

『あっちでクランさんと一緒に敵を片《かた》っ端《ぱし》からドロドロにしてます』

「………見るからにヤバそうな組み合わせだな」

クランの場合はオレンジ色の光、事物を変化させる力と知識が増大している。爆弾《ばくだん》などを使うとより大きな破壊を引き起こせる訳なのだが、今回は増大した力をゆりかと共有する形で利用していた。

『今教えた混合比を守れば、溶かせない兵器などありませんわ！』

『化学なんて自信ないですけどぉ！』

『わたくしの方で混合比を固定しますから、あなたは大まかでかまいませんわ！』

『ええいっ、ダブルキャスト・サモンアシッドクラウドッ！』

ゆりかが帯びている青い光は遠くから何かを呼び寄せる力を持っている。それは召喚魔《しょうかんま》法《ほう》を多用出来るという事だ。そこでゆりかは同時に二種類の異なる酸の雲を呼び寄せ、クランがオレンジ色の光を使ってその場で混合。どんなものでも一瞬で溶解《ようかい》させる強力な酸を生み出した。それは先程までゆりかが使っていた酸とは次元が違う威力《いりょく》で、機動兵器の内部どころか全体が瞬時《しゅんじ》に溶解してしまっていた。

「………キリハさん、あんな凄《すさ》まじい酸を作って大丈夫なのか？」

二人の酸攻撃は圧倒的で、敵を倒した後に残っている酸が心配になる程だった。

「問題ない。残った分はクラン殿《どの》がオレンジ色の光で綺麗《きれい》に分解しているようだ」

「何も考えずにやってる訳じゃなかったか」

『ベルトリオン、あなた喧嘩《げんか》を売っていますでしょうっ⁉』

ゆりかの魔力が増大すれば魔法で多くの事が出来るようになるが、その分だけ危険も増す。だがオレンジ色の光を帯びたクランは、ゆりかのアクセル役とブレーキ役を務める事が出来る。一見意外だが、能力的には非常に相性《あいしょう》の良い二人だった。

『このままだとゆりかに手柄《てがら》を取られかねない！　静香、あたし達《たち》早苗ちゃんズとあんたで、あの黒いのやっつけよう！』

『良いわよ、おじさまが凄《すご》くやる気になってるから！』

『ハッハッハッハァッ、この魔力量なら久しぶりに本気を出せるぞ！』

早苗達は紫色《むらさきいろ》、静香は黒。それぞれ霊力《れいりょく》と破壊を司《つかさど》る力なので、単純に本人の能力が増大していた。特に顕著《けんちょ》なのは静香の中にいるアルゥナイアで、元々高い魔力が爆発的《ばくはつてき》に増大して、混沌《こんとん》の力の侵食を完全に防いでいる。物理的にも腕力《わんりょく》が増大、黒い犬の身体を腕力だけで抑《おさ》え込みつつあった。もし黒い犬に骨があったなら、アルゥナイアに握《にぎ》られている部分がバラバラに砕《くだ》けていた事だろう。

『里見君、私達は渦を閉じましょう。これだけの力があれば直接閉じられる筈です』

晴海は全身から白い光を立ち昇《のぼ》らせていた。少女達が放つ九色の光は、常に全てが利用されている訳ではない。晴海はその余力を束ね、シグナルティンに流《なが》し込んでいる。おかげでシグナルティンは虹色の光を放ち、いつになく強い力を宿していた。晴海はその力があれば混沌の渦を閉じられるだろうと考えていた。

混沌の渦は少し前に灰色の騎士《きし》が開いたもので、黒い犬を呼び出し、今はその中心にいるタユマの感情を吸って維持《いじ》されている。通常のシグナルティンでは渦を閉じるより、タユマを倒す方が効果的だ。だが虹色の光を帯びた今のシグナルティンなら、先に渦そのものを閉じてしまう事も可能ではないかと思われた。

「俺《おれ》、全然役に立ってない気がするなあ……」

孝太郎は小さく苦笑《くしょう》しながらウォーロードⅢに剣《けん》を構えさせた。その剣の中に格納されているシグナルティンは虹色の光を放ち、今はその力がウォーロードⅢの全体を強化しつつある。しかしその力は、元はと言えば全て少女達の力。孝太郎が強いのではないのだった。

『船の帆《ほ》が役に立たないというのなら、里見君は確かに無力でしょう。けれど船を進ませる為《ため》には、帆がそこになければならない。私達はあなたにそこに居て欲《ほ》しいんです』

船の帆そのものには力はないが、風が帆に当たるから船は進む。晴海達が幾ら風を起こそうとも、それを受け取る孝太郎が居なければ何も起こらない。風を受け進む航路を決めるのは孝太郎であって、風を起こしている晴海達ではないのだった。

「そうやって桜庭先輩《せんぱい》達がいつも甘《あま》やかすから、俺は調子に乗っちゃうんですよ」

『男の子は少しぐらいやんちゃで良いんですよ。ふふふ……』

孝太郎は船の帆、それは晴海だけがそう思っている訳ではない。表現には多少の差は有れど、他の少女達も似たような事を思っている。ティアは孝太郎を長い隊列の先頭で揺《ゆ》れる旗のように考えている。多くの意味で方向音痴《おんち》のゆりかにとっては孝太郎はスマートフォンの地図アプリのような存在であり、ゆりかが何時何処《どこ》で魔法の力を振《ふ》るえば良いのかを教えてくれる。どうあれ自分の前に居て欲しい、その背を追いたい、支えたい――――少女達にはそういう気持ちが共通している。だから今もシグナルティンに宿る九色の光はその輝きを増し続けていた。

「…………行きますよ、桜庭先輩《せんぱい》」

『はい、存分に』

「キリハさんも」

「『も』とは何だ『も』とは」

「拗《す》ねないでくれよ。言葉のアヤだ」

「分かっている。ただ言ってみたかっただけだ」

「これだよ、ったく…………」

孝太郎はウォーロードⅢを一気に前進させた。向かう先は黒い犬のやや後方に位置している混沌の渦だった。そこへ虹色に輝くシグナルティンを叩き込《こ》むのが目的だった。

――――だが確かにこの役目、みんなの風を受ける役目は、俺にしか出来ないのかもしれないな…………。

混沌の渦だけでなく、シグナルティンもまた感情が力を引き出す。その意味においては孝太郎に多くの感情が集中しているこの状態は強い力の源泉に成り得るだろう。少女達との強い繋《つな》がりは孝太郎も自覚していた。そして孝太郎はその繋がりが生み出す力を混沌の渦へと導き、世界の歪《ゆが》みを修正しようとしていた。

『それは我ら全員を受け入れたという事に他《ほか》ならないのだが………何故ここから風を一つだけ選ぼうなどという発想が出るのか』

『アホじゃからの』

『殿下、言い方！』

少女達のちょっとした不満に気付かぬまま、孝太郎は空を駆《か》ける。それに気付いた黒い犬は、多くの球体を作り出して孝太郎を攻撃しようとした。

『ハッハッハァッ、そんな事をしている余裕《よゆう》は貴様にはないぞ！』

グシャアッ

静香に宿る破壊の力はアルゥナイアを強力にサポートし、黒い犬を捕《つか》まえておく為に握《し》り締めていた両前脚を強引《ごういん》に握り潰した。

『グギャアアァァァァアァッ！』

静香とアルゥナイアは、本当ならこういう攻撃《こうげき》は避けたいと考えていた。結果的に手を放して黒い犬が自由になってしまうからだ。だが今の静香達《たち》には、黒い犬を自由にさせない策があった。

「超霊子《ちょうれいし》サンダー！」

突如《とつじょ》として薄い紫色の稲妻《いなずま》が黒い犬の頭上から降り注いだ。これは『早苗さん』が霊力で生み出した強力な電気による攻撃だった。これは通常の黒い犬であれば防げた攻撃だったのかもしれない。しかし流石に両前脚が握り潰されてしまえばダメージは大きく、身動きが取れなかった。そして前脚の再生にエネルギーが取られるので、一時的な弱体化も起こる。だから稲妻は易々《やすやす》と黒い犬の防御《ぼうぎょ》を貫《つらぬ》き、その場に釘付《くぎづ》けにした。

『乱霊流トルネード！』

続いて紫色の竜巻《たつまき》が黒い犬を包む。これもやはり普通《ふつう》の竜巻ではない。これは『早苗ちゃん』が生み出した霊力を帯びた竜巻で、黒い犬の視界を遮断《しゃだん》し、身動きが取れなくなる檻《おり》として機能するものだった。

「必殺！　天破彗星《すいせい》ざぁぁぁぁぁぁぁんんんんっ!!」

そうして身動きが取れなくなった黒い犬に向かって、サグラティンを両手で構えた『お姉ちゃん』が上空から斬りかかっていく。霊力による攻撃なら、『お姉ちゃん』がサグラティンを使う場合が最も攻撃力が高くなる。問題は安全に接近出来るかどうかだが、二人の早苗がその問題をクリアしてくれた。隙だらけのやたら大きなフォームから繰《く》り出されたその強力な斬撃は、狙《ねら》い過《あやま》たず黒い犬の頭に突《つ》き刺さった。

ドコォォォォォンンンン

それはどちらかというと斬撃というよりも、巨大な霊力の塊《かたまり》が衝突《しょうとつ》する打撃《だげき》技に近いものだった。サグラティンは精神集中を助け、三人の早苗達から大量の霊力を集めた。その霊力が多過ぎて刀身からはみ出てしまい、結果的に斬撃にならなかったのだ。文字通り彗星の如き一撃《いちげき》だった。

「………この恥《は》ずかしい技の名前って、本当に必要だった？」

『うん。せーしんしゅーちゅーにとても役に立ったと思う』

「そうかなぁ………？」

サグラティンは狙い通りに黒い犬に命中し、その頭を一撃で粉砕《ふんさい》した。やはりその身体の構造はいい加減で、黒い犬の頭はまるでシャボン玉が割れたかのように跡形《あとかた》もなく消滅した。そして黒い犬はもんどりうって倒れ、そのままごろごろと地面を転がった。

『好機だ、青騎士《あおきし》！』

「参ります！」

『私達も行きましょ、おじさま！』

『そのつもりだっ！』

黒い犬はまだ完全に倒れた訳ではない。つまり今、混沌の渦は黒い犬の回復に大量のエネルギーを投じているという事だ。それは混沌の渦そのものを守る力が弱まっているという事。早苗達の渾身《こんしん》の一撃は、この状況《じょうきょう》を作り出す為に行われたものだったのだ。

『これ以上何かをする余裕は与えんっ！』

アルゥナイアは軽く上空へ飛び上がると、口から強力な火炎を吐き出した。それはプラズマ化する程に高温の火炎だが、市街地へ悪影響《あくえいきょう》が出る心配はない。そうならないように角度を付けるべく飛び上がったのだ。

シュゴォォォォォォッ
混沌の渦は防御や反撃《はんげき》の為に灰色のぶよぶよとした塊を作り出していたが、アルゥナイアが放った火炎はその殆《ほとん》どを焼き尽くした。

『残りは私がっ！』

ゴシャアアァッ
残った灰色の塊にはアルゥナイアの――――身体を借りた静香による空手式の――――蹴《け》りが叩き込まれた。灰色の塊は数メートルの大きさがあったが、身長二十メートルを超《こ》えるアルゥナイアの蹴りには耐《た》えられない。アルゥナイアがその身に宿した破壊の力とも相まって、灰色の塊はバラバラに打ち砕かれて消滅していった。

『燃えよ炎《ほのお》の精霊《せいれい》、爆《は》ぜよ星辰《せいしん》の息吹《いぶき》！　我《わ》が前に躍《おど》り出でよ原初の力、その真白き輝きを天地へ示せ！　開闢《かいびやく》せよ！　天空神の光輪！』

その瞬間《しゅんかん》だった。晴海の攻撃魔法《こうげきまほう》――アルゥナイアの火炎と同じくらい高温のエネルギー攻撃――を帯びたウォーロードⅢの巨大な騎士剣《きしけん》が、混沌の渦へ叩き込まれた。ただでさえ虹《にじ》の力を帯びている剣に晴海の魔法が更《さら》に上乗せされているので、それは現時点で考《かんが》え得《う》る最高の威力を誇《ほこ》る一撃だった。

ビキィッ、ビキビキビキィッ

剣に帯びた多くの力と、渦から染《し》み出す混沌の力がぶつかり合い、対消滅を起こし始めていた。全く逆の性質を持つ力なので、お互《たが》いがお互いを消滅させ合っているのだ。

ドコォォォォォンンン

対消滅は加速度的に進行、やがて大爆発《だいばくはつ》を起こした。ゆりかと真希が施《ほどこ》した結界の魔法は強固だったが、この時の爆発《ばくはつ》に関しては流石に音と光を完全には遮断する事が出来なかった。

虹色の力と混沌の力の対消滅は、大きな爆発を起こした。それによって力を使い果たした混沌の渦は消滅、渦からエネルギーの供給を受けていた黒い犬もまた溶《と》けるようにして消えていった。残った機動兵器は駆けつけたネフィルフォラン隊が撃破し、戦いは程なく終結した。だが孝太郎には一つ気になる事があった。それは途中《とちゅう》で姿を消した灰色の騎士の事だった。

「灰色の騎士は本当に逃《に》げたという事か……」

孝太郎はウォーロードⅢから降り、最後に灰色の騎士が目撃された場所へやって来ていた。そこはクランが限定型の超時空《ちょうじくう》反発弾を撃《う》ち込んだ場所だった。だが辺りを見回しても灰色の騎士の姿は見当たらない。孝太郎達《たち》は灰色の騎士が撤退《てったい》を口にしていたのを知っているが、それを信じていた訳ではなかった。敵の言葉を頭から信じるのは危険な事だった。だが結局は灰色の騎士は言葉通りに姿を消していた。

「ふむ……我らが黒い犬――――タユマの残骸《ざんがい》と戦い始めた頃《ころ》には、完全な撤退に舵《かじ》を切ったのだろうな」

「キリハさんがそう考えた根拠《こんきょ》はなんだい？」

「奴《やつ》は剣で混沌の渦をコントロール出来るのに、戦いに介入《かいにゅう》していない」

「下手に介入すると早苗達に追われるってのもありそうだな」

「つまりしばらくこの近くに居たかもしれないが、あくまで逃げる事を優先したという事だ。何かそうしなければならない事情があったのかもしれない」

灰色の騎士は剣を使って混沌の渦を完全に制御《せいぎょ》下に置いていた。つまり孝太郎達を倒すつもりなら黒い犬との戦いの最中に何かをやってきた筈なのだ。だが灰色の騎士はそれをせずに姿を消した。逃げる事を優先したか、あるいは戦い続けると不利益があるか。キリハはその辺りが灰色の騎士が姿を消した理由だろうと考えていた。

「単純な戦力の問題ではありませんか？　ラルグウィンの主力はフォルトーゼへ向かっている訳ですから」

晴海は灰色の騎士は戦力の不利を悟って逃げたのだろうと考えていた。攻撃に使ったのは殆どが対人用の機動兵器と、一度孝太郎達に敗北している黒い犬。灰色の騎士は最初から勝てる見込《みこ》みが低いと考えていてもおかしくはない。孝太郎達は市街地を守る為に手を焼いたが、それを無視して戦えば倒すだけなら難しくはなかったかもしれないのだ。

「その場合、灰色の騎士は今回の事で戦力をほぼ使い切ったと考えていいだろう。もっと戦力があるなら、直接市街地や式典に投入している筈だからな」

日本とフォルトーゼの外交を破綻《はたん》させるには、日本人がフォルトーゼ人に攻撃されて死者が多数出る状況が望ましい。逆に地球人によってフォルトーゼ人の留学生が殺されてしまう状況でも構わない。どちらにせよ、まとまった兵力で攻撃する必要がある訳だが、その数が残っていなかった。現時点の残存兵力は、灰色の騎士が撤退の為に捨て駒《ごま》にするぐらいが限界だったと考えるのが自然だった。

——そうなると分からないのが、何故《なぜ》灰色の騎士はラルグウィン一派から離《はな》れて地球に居たのかという点だろう。

確定情報が乏《とぼ》しいので口には出さなかったが、キリハはこの点も懸念《けねん》していた。その条件によってはまだどこかに戦力が隠《かく》されている可能性もあるのだ。

——そしてなぜ今日、ナルファに接触してきたのか。両方が同じ理由なのか、それとも無関係なのかでも状況は変わってくる。

灰色の騎士は単独で地球に残り、しばらく時間をおいて、今日ナルファに接触した。この数日間なにをしていたのか、そして地球に残った理由とナルファに接触した理由には関係があるのか。そこが分からないので、キリハには灰色の騎士の行動がとても不気味に感じられていた。

——一番厄介《やっかい》なのは、我が抱いている疑問と、灰色の騎士の抱いている疑問が同じものであった場合だ………。

キリハはナルファが何者なのかという事について疑問を抱いていた。ナルファが不思議な力を発揮したのは、キリハが知る限り二度目だ。一度目は留学してきてすぐ、そして二度目は今日。今日の二度目は直接見た訳ではないが、埴輪達《はにわたち》が彼女《かのじょ》の身体が虹色に輝いているのを確認している。もしそれを確認する為に灰色の騎士が単独で地球へ残ったのだとしたら、それはとても厄介な問題に発展する可能性を秘《ひ》めているのだった。

「コウ兄さん、ちょっと良いですか?」

キリハが黙《だま》って考え込んだ事で会話が途切《とぎ》れた時、琴理が孝太郎に話しかけた。琴理は孝太郎達の邪魔《じゃま》にならないように、話が途切れるタイミングを待っていたのだ。

「どうしたんだい、キンちゃん。どっか痛いところでもあるかい?」

「私の事じゃなくて、ナルちゃんの事です」

「それこそ怪我《けが》でもしてるのかい?」

「そうじゃなくて、全然平気そうにしています。だから相談しに来たんです」

「うん? どういう事だい?」

「平気な筈はないと思うの。………殺されかけたんだから」

「なるほど、そういう事か」

孝太郎にも琴理が言わんとする事が分かって来た。灰色の騎士はナルファに明確に殺意を向け、殺そうとした。そのせいでナルファは怪我もしている。戦いの経験が乏しい普通の女の子なら動揺している筈《はず》だ。にもかかわらず、ナルファはそれを少しも顔に出さないでいる。周囲を心配させない為だろう、琴理はそんな風に考えていたのだ。

「だからコウ兄さんに助けて欲しくて」

「俺で大丈夫なのか？」

琴理が何を求めているのかは、孝太郎にもちゃんと分かっている。無理をしているナルファの心のケアをして欲しい、そういう事だろう。だがそれが自分に務まるのかどうか、そこは孝太郎にも分からなかった。

「コウ兄さん」

琴理は孝太郎に近付くと声を潜《ひそ》めて耳元に囁いた。

「非常時だから言っちゃいますけど………ナルちゃんはコウ兄さんが好きなんです」

「なに!?」

反射的に孝太郎の視線がナルファの方を向く。彼女は河川敷《かせんしき》の土手にある階段に腰掛《こしか》け、医療班《いりょうはん》の女性と何事かを話していた。

「だからきっと大丈夫。それに他に適任者がいないし………」

琴理はそう言って苦笑すると孝太郎から離れる。その声の大きさも、普段のそれに戻っていた。

「俺よりもマッケンジーの方が適任じゃないか？」

家庭事情で荒《あ》れ気味《ぎみ》だった孝太郎の事を支え続けたのは賢治だ。だからこの手の問題に関しては、孝太郎は自分以上に賢治を信頼《しんらい》していた。

「女の敵を弱ってる子に近付ける訳にはいきませんから」

「琴理、それは幾ら何でもあんまりだぞ！　俺だってＴＰＯは弁《わきま》える！」

一緒に居た賢治はガクリと肩《かた》を落とした。賢治は今日の自分には失敗がなかったと考えている。大きな失言はない筈だし、妹とその友人を守り切った自信もあった。にもかかわらず妹の評価は低い。そこが辛《つら》い賢治だった。

「消去法か……とはいえ、放ってもおけないな」

孝太郎も正直納得《なっとく》出来てはいなかった。この時もやはり賢治が行くべきだと思っていたのだ。しかしナルファの親友である琴理が言う事なので、ここは琴理に従う事にした孝太郎だった。

「うん、お願い、コウ兄さん」

「じゃあちょっと行ってくる。………おっとっと」

孝太郎はナルファが居る方向に数歩歩きかけて、すぐに琴理の所へ戻って来た。

「コウ兄さん？」

「キンちゃんの方は大丈夫なのかい？」

ナルファがショックを受けているなら、琴理もそうである筈だ。孝太郎はその事に気付いて、心配になって戻って来たのだ。

「私は後でコウ兄さんにいっぱい甘えるから大丈夫」

「俺じゃないのか⁉」

「そうか。スイーツをいっぱい用意する感じで大丈夫か？」

「うん。私はそれで平気」

「それは良かった。じゃあ、今度こそ行ってくる」

少女達《たち》と賢治に見送られ、孝太郎はナルファの方に歩いていく。孝太郎の背中を見つめている少女達の二十個の瞳は不思議と嬉《うれ》しそうだ。ナルファと話をしに行くのはもちろんなのだが、孝太郎が琴理の事を忘れなかった事が嬉しいのだ。最近の孝太郎はそういう気《き》遣《づか》いが出来るようになった。その事からは孝太郎の成長が感じられ、頼《たの》もしくも誇らしく思う少女達なのだった。

留学してきてすぐの頃にも、ナルファは敵に襲《おそ》われた事があった。その時も琴理と賢治が助けてくれた。状況は今回と同じようなものだと言えるだろう。だが襲って来た敵には大きな違《ちが》いがあった。灰色の騎士。ナルファに恐怖《きょうふ》を感じさせるその気配。銃《じゅう》を向けられるのとは根本的に違う恐怖がそこにあった。それはまるで心の奥底《おくそこ》に泥《どろ》を押《お》し込まれるような、異質で根源的な恐怖だった。そして灰色の騎士はナルファを殺そうと剣で斬《き》りつけて来た。ナルファはそれに立ち向かおうとしたが、怖《こわ》くなかったという事ではない。首に巻かれた包帯に触《ふ》れると、その時の恐怖がありありと蘇《よみがえ》り身体が震《ふる》える。恐怖はナルファの心の底に、べったりと張り付いていた。

――――いけない、こんな顔をしてたらコトリが心配する……。

ぱんぱんぱん

ナルファは両手で自分の頬を何度か叩《たた》くと、笑顔《えがお》を作ろうとする。何度目かの試みでそれに成功すると、ナルファは琴理の姿を捜《さが》して辺りを見回した。だがその時ナルファが見付けたのは、別の人間だった。

「コータロー様……」

「よう。ちょっとお邪魔するよ」

孝太郎はナルファが座《すわ》っている階段の同じ段に腰《こし》を下ろした。そして手にしていたペットボトルを開けて一口水を飲んだ。

「コータロー様、どうして……」

「キンちゃんに言われたんだ。君と話してくれって。ナルファさんがそうやって無理矢理《むりやり》笑おうとしている事はお見通しだったみたいだな」

「コトリがそんな事を……」

ナルファはそこで笑顔を消した。孝太郎が来た理由からすると、仮面の笑顔にはもう意味がなかったから。

「良い友達を持ったな?」

「はい」

「俺にもマッケンジーがいるから気持ちはよく分かる」

「コトリはいつも怒《おこ》っていますけど」

「女の子には本当のマッケンジーの良さは分かり難《にく》いのかもな」

表向きは明るい話題だ。だがナルファの表情は暗い。孝太郎はそれを分かっていて話続けている。本当に必要な話をナルファが自分から話すまで待つつもりだった。それから数分間、孝太郎とナルファは他愛《たわい》ない話を続けた。そしてその話題が途切れた時、ナルファは本当に必要な話を始めた。

「……コータロー様達《たち》は、いつもこういう恐怖と闘《たたか》っているんですね……」

何を話せばいいのか、ナルファには分かっていない。だからナルファは必死になって自分の胸の中がどうなっているのかを孝太郎に伝えようとしていた。何も話さないと、何も変わらないから。

「そうでもないな。今日みたいなタイプの敵は珍《めずら》しいんだ」

「でも初めてじゃないんですよね？」

「ああ、何度かね」

「怖くは、ないんですか？」

「怖いよ。得体が知れないモノだからね」

「でも私からすると、怖がってないように見えます」

「もっと怖いものがあるからね」

「もっと怖いもの……それは？」

「怖いからって何もしないでいると、俺に続く人達が死んでいく。今日だってそうさ。俺《おれ》達が怖がって来るのがもう少し遅《おそ》かったら、あの黒服の人達やネフィルフォラン隊に犠牲《ぎせい》が出たかもしれないんだ。その怖さに比べたら、得体の知れない敵に怖がっている余裕はないんだよ」

自分の判断で多くの人の運命が左右される。それは孝太郎が多くの戦いから学んだ事だった。孝太郎にとってそれはとても恐《おそ》ろしい事だ。しかしどれだけ気を付けても、それはどうしても起こってしまう事でもある。その時に後悔《こうかい》したくないから、孝太郎は敵が何であっても必死で戦う事にしていた。

「ナルファさんは何が一番怖いんだい？　君に剣を向けた灰色の奴かい？　それとも他の何かかい？」

「私が何より怖いのは………」

ナルファは自分の胸に問い掛《か》けた。自分が真に恐れている事が、果たして何であるのかを。その答えはすぐに出た。

「コータロー様が………コトリが、お兄様が………急に何処かへ消えてしまう事です。あの灰色の人ではありません」

身近な人が失われる事。それも自分の失敗で。ナルファもやはり、孝太郎と同じ事が何よりも恐ろしかった。

「その意味だと、今回は頑張《がんば》ったな、ナルファさん」

「私なんて何も………」

「あいつに向かってってたんだろう？　キンちゃん達から聞いたよ」

灰色の騎士に追い詰《つ》められた時、ナルファはナルファなりに精一杯抵抗《せいいっぱいていこう》した。そのままだと全員殺されるだけだから、せめて灰色の騎士を驚《おどろ》かせようとしたのだ。その試みは早苗にチャンスを与《あた》え、結果、全員の命が守られた。ナルファはちゃんとやるべき事をやったのだ。

「私に出来た事なんて、ほんのちょっとですけど」

「それでいいんだよ。君は女神《めがみ》様じゃない。俺と同じ、ただの人間だ。怖いものは怖い。出来ない事もある。みんなと一緒《いっしょ》に、やれる事を精一杯やれば良いんだよ」

ナルファを無力だというなら、孝太郎もそうだろう。孝太郎自身の力は剣が使えるという事くらい。ナルファ同様に、結局はただの人間なのだ。だが、ただの人間なりに必死になってやって来た。そうしたら仲間が増え、多くの人達が力を貸してくれるようになった。今の孝太郎は、それで良いのだと思えるようになっていた。自分一人で全てを背負う必要など何処にもないと分かったのだ。

「………女神様じゃ、ない………みんなと、一緒に………」

その言葉は不思議とナルファの心を捉《とら》えた。普通の人間で良いと、孝太郎が言ってくれた事が嬉しかった。それは当たり前の事なのだが、その当たり前の事が今の彼女の救いとなった。だからここでようやく少しだけ、ナルファは笑顔を取り戻《もど》した。そして一つ、孝太郎に訊《き》きたい事が出来た。

「あの、コータロー様」

「うん？」

「一つお願いしても宜《よろ》しいでしょうか？」

「いいよ」

「しばらく肩を貸して下さいませんか？　もうちょっとだけ、元気が出るまで……」

「うん」

そうしてナルファは孝太郎の肩に身体を預けた。その虹色《にじいろ》の髪《かみ》が孝太郎の手にかかる。それを眺《なが》めていると不思議と落ち着く気がする孝太郎だった。

「ところでナルファさん、俺にもお願いがあるんだけど」

「分かりました、何でもします」

「今日のマッケンジーは頑張ってたと思うから、出来ればキンちゃんにとりなしてやって欲しいんだけど」

「結果はともかく、やってみます」

二人の話題は再び他愛ないものに戻っていた。内容も似たようなもので、共通の友人に関するものだった。けれど一つだけ違う事があった。それはナルファが笑顔を取り戻して

いた事。だから二人の話は本当に他愛ないもので、同時に楽しげだった。

形の上では超時空反発弾の直撃《ちょくげき》を受けて自分の宇宙船に逃げ帰《かえ》って来た訳だが、不思議と灰色の騎士の機嫌《きげん》は悪くなかった。それは彼《かれ》が欲《ほっ》していた情報のうち、重要度が高いものが手に入ったからだった。

「……………自分の危機に際しては力を発揮しないが、青騎士《あおきし》の危機に際しては迷わずその力が発揮される。力は幾《いく》つかに分割《ぶんかつ》されている。シグナルティン、サグラティン、そして彼女自身。いや、この分では三分割どころではないかもしれないが……………」

灰色の騎士が一番知りたかった事は、虹色の契約《けいやく》を経てもシグナルティンが真の力を発揮していない理由だった。地球に残った甲斐《かい》があり、その理由は明らかになった。何故か力は複数に分割されていて、別々の場所に存在していたのだ。そして力は必要に応じて集合して解放される。今のところ力は最低でも三分割されている事が確認《かくにん》されている。灰色の騎士が目的を果たすには、分割された力を全《すべ》て見付け出す必要があった。

「……………この場合、青騎士を重大な危機に陥《おとしい》れる必要がある。そうせねば彼女は全ての力の解放を選択《せんたく》すまい……………」
ナルファが自身の為に力を解放しない以上、解放の為には彼女ではなく孝太郎を追い詰
める必要があった。それも今日のような小さな戦闘《せんとう》ではなく、もっと規模の大きな事件や
戦争が必要だった。
「……………最低でも大規模な艦隊《かんたい》戦。あるいはクーデターをもう一度……………どうやらもうし
ばらくラルグウィンと歩調を合わせる必要があるようだな……………」

灰色の騎士は多くの力を持つが、この世界が彼の世界ではない事もあって、人脈という
力は些細《ささい》なものしか持ち合わせていない。大きな規模で孝太郎を追い詰めるには、ラルグ
ウィンやグレバナスの協力が不可欠だった。

「……………こちらの早苗の事はしばらく預けておくぞ、青騎士《あおきし》。どうせゴールは遠い。その
過程で刈《か》り取れば問題はないのだからな……………」

灰色の騎士は航法用のコンピューターを呼び出して空間歪曲《わいきょく》航法の航路を設定した。
目的地はフォルトーゼ。ラルグウィン達と合流するのが目的だった。多くの情報を得た事
で灰色の騎士には歩むべき道がはっきりと見えるようになった。だがその道は果てしなく
長い。それでも灰色の騎士は悲観していなかった。どれだけ距離《きょり》があろうと、その先には
間違《まちが》いなくゴールがあると確信したからだった。

クランの宇宙戦艦《せんかん》『朧月《ろうげつ》』が時空震《しん》を検知したのは、ナルファが灰色の騎士に襲われた日から数日が経過した頃の事だった。高校の中庭に集まって昼食を食べている最中に、クランの腕輪《うでわ》が警告を発したのだ。

「大規模な時空震を検知、信頼度《しんらいど》九十パーセントで大型宇宙船の空間歪曲航法……場所は木星軌道《きどう》？　随分《ずいぶん》遠いですわね。信頼度の低さはそのせいですわ」

「味方なら木星軌道まで行く必要はありませんから、灰色の騎士がフォルトーゼに向かったと考えるのが妥当《だとう》かと思われます」

ルースがクランの情報を補足する。通常のフォルトーゼの艦船《かんせん》がわざわざ木星軌道まで行く意味はない。空間歪曲航法を実行するなら、地球から幾らか離れれば十分に安全基準を満たす事が出来るのだ。そうでないという事は、距離を取る事自体が目的だったという事になる。地球の傍《そば》で空間歪曲航法を実行すれば『朧月《ろうげつ》』に追跡《ついせき》を受ける。だが木星軌道まで行けば追跡を受ける心配はない。そしてそれが必要なのは現状では灰色の騎士以外には考えられない、という訳だった。

「あいつ自分の宇宙船を持っていたのか」

「並行世界から来たのですわよ？　その為の艦艇《かんてい》は持っていると考えるべきですわ」

「そういや『お姉ちゃん』も自分のを持ってるよな」

「あたしのよりでっかいらしいのが気に入らないケド」

そう言って早苗『お姉ちゃん』が軽く頬《ほお》を膨《ふく》らませた時、キリハが何かに気付いた様子で軽く眉《まゆ》を上げた。

「大型宇宙船……？」

キリハは『お姉ちゃん』の言葉で、クランの報告のその部分に注目した。通常なら『大型宇宙戦艦』ないし『皇族級宇宙戦艦』と表現される筈なのだ。

「クラン殿《どの》、報告が『大型宇宙船』になっている理由は？」

「ちょっと待って下さいまし……ああ、船体が大き過ぎるのですわ。皇族級宇宙戦艦よりも大きいですから、人工知能は輸送船であると推定したようですわ」

現時点で運用されている宇宙用の戦闘艦艇《せんとうかんてい》で絞《しぼ》ると、最大サイズは皇族級宇宙戦艦。だが民間の輸送船であればそれよりも大きいものがある。採掘《さいくつ》された資源を運搬《うんぱん》する為の輸送船や、辺境宙域に生活物資を届ける定期船等がその例にあたる。『朧月《ろうげつ》』が感知した時空震は皇族級宇宙戦艦の規模を超えていたので、自然とそうした大型の民間船だと推定されたのだった。

「何か気になる事があるんですか？」

晴海が心配そうにキリハを見つめる。キリハがこういう反応をしている時は、往々にして何か問題がある時だった。

「いやなに……灰色の騎士が民間船を使っているというところに違和感《いわかん》があってな。考え過ぎかもしれんが……」

キリハが気になっていたのはそこだった。状況を考えると戦艦を使った方が良いし、灰色の騎士なら戦艦を手に入れる事も不可能ではないだろう。なのに実際に使っているのは民間の輸送船。それが奇妙《きみょう》に思えたのだ。

「だからこそ木星軌道まで行ったのではありませんか？」

「民間船ならなおの事追跡を避《さ》けたいという事か。ふむ、確かにその線は濃厚《のうこう》だな」

晴海の解釈《かいしゃく》はキリハにも正しいと感じられた。だからキリハは灰色の騎士の宇宙船に関しては一旦《いったん》考えるのを止めた。不安な状況ではあるが、これ以上の手掛《てが》かりがないので、考え続けても仕方がないのだった。

「見方を変えれば、でかい船なら見付け易《やす》いって事だろ。俺達もすぐに向こうへ行く訳だから、その情報があるだけでも随分マシさ」

「ふむ、その楽観主義を見習う事にしよう」

キリハは孝太郎の言葉に大きく頷《うなず》くと、ボトルを手に取ってお茶を一口飲んだ。そうして一旦落ち着いた時に、キリハはある事を思い出した。

「そうだ、その向こうへ行く時の事なのだが、一つ皆《みな》に相談したい事がある」

「なんだい？」

孝太郎は弁当を食べる手を休め、再びキリハに目を向けた。ちなみに今日の弁当は真希の担当で、メニューはシンプルな唐揚《からあ》げ弁当なのだが、細かいところまで気を遣《つか》って丁寧《ていねい》に調理されていた。

「我々がフォルトーゼへ向かう時に、一緒にナルファと琴理、賢治を連れて行きたいと考えているのだ」

『私達《たち》？』

ナルファと琴理の声が揃《そろ》う。そして二人は全く同じタイミングで顔を見合わせた。

「何で俺《おれ》まで？」

賢治は大きく首を傾《かし》げる。孝太郎が行くのは分かる。ナルファもまあ分かる。だが自分や琴理まで行く必要があるとは思えなかったのだ。

「問題は灰色の騎士《きし》なのだ。奴がもう一度ナルファにちょっかいを出してくる可能性がある以上、我々で守る必要があるのだ」

「そうか、俺達以外じゃ守り切れないよな……」

孝太郎にもキリハが言う意味が分かって来た。灰色の騎士は何らかの事情でナルファに興味を持っている。もう一度接触《せっしょく》ないし攻撃をしてくる可能性があるから、彼女の事は守らなければならない。だが通常の兵力では、多くの力を操《あやつ》る灰色の騎士からナルファを守るのは難しい。孝太郎達の傍にいるのが一番安全だった。

「マッケンジーとキンちゃんは？」

「人質《ひとじち》に取られれば、あっさりとナルファを奪《うば》われる。また我らの関係者だと広く知られている事も、ノーガードに出来ない理由の一つだ」

賢治と琴理に関しては、灰色の騎士に狙われる可能性と、孝太郎に対するカードとして使えるというところに問題があった。しかもこの強力なカードを欲しているのは灰色の騎士だけではない。孝太郎達が地球を離れた途端《とたん》、賢治と琴理は危険な状況に陥《おちい》ると予想されるのだった。

「確かにそうだな……急な話で悪いけれど、三人には一緒にフォルトーゼに来て貰《もら》う事になりそうだ」

孝太郎にとって三人は大事な友達だ。フォルトーゼに連れて行って、自分で守るという事に異論はなかった。ただ三人に申し訳ないとは感じていた。そして同じ事はナルファも感じていた。

「ごめんなさい、コトリ。私のせいでコトリが危ない目に……」

「そんなの言いっこなしよ！　悪いのはあの人達で、ナルちゃんじゃないもの！」

だが心優《こころやさ》しい琴理はナルファを責めなかった。むしろナルファを、親友を狙う悪党共に怒《いか》りを燃やしている。琴理はフォルトーゼ行きに異論などなかった。だがそんな琴理とは逆に、兄の賢治は首を横に振《ふ》った。

「俺は行かないぞ、コウ」

「何か理由でもあるのか？」

「実は来週末にデートの約束があるんだ」

「デートだぁ!?　ごほごほっ」

孝太郎は賢治の真剣《しんけん》な表情から何か特別な事情でもありそうだと思っていたのだが、実際にはそうではなかった。あまりに驚いた孝太郎は、弁当が喉《のど》につっかえてしまう。隣《となり》にいたキリハがお茶のボトルを差し出してくれなければ危ないところだった。

「お、お前なぁ、キンちゃんの命とデート、どっちが大事なんだよ？」

「どっちも大事だ！　特に今回は俺の将来がかかってる！」

実は来週末のデートの相手は一人ではない。クラスメイトの柏木汐里《かしわぎしおり》と留学生のエミリーの二人なのだ。賢治はこのデートで、二人の内から一人を選ぼうとしている。確かにこれまでとは違って、ちゃんとした目的があるデートだったのだ。

「大丈夫《だいじょうぶ》だ、フォルサリアがお前の替《か》え玉《だま》を用意してくれる」

「大丈夫じゃない！　俺の将来を替え玉に託《たく》せるもんか！」

だがたとえちゃんとした事情があったとしても、状況が悪かった。残念な事に多くの者が賢治に対して批判的だった。そして批判の先頭に立っていたのは、もちろんこの人物だった。

「見損《みそこ》ないました兄さん!!　私だけならともかく、ナルちゃんの命もかかってるっていうのにぃっ!!」

琴理の瞳《ひとみ》は激しい怒りに燃えていた。にもかかわらず、その炎からは熱など微塵《みじん》も感じられなかった。

「こ、琴理っ!?　これには訳が！」

その瞳に宿る絶対零度《れいど》の凍《い》てつく炎が、賢治を凍《こお》らせながら焼き尽《つ》くさんとしていた。

自分の失態に気付いた賢治は、慌《あわ》てて許しを請《こ》う。だがそれはもはや手遅《ておく》れだった。

「……………もう、いいです。私の兄はたった今死にました。私は今日からコウ兄さんの妹になります……」

いつか分かってくれる。かつての素敵《すてき》な兄に戻ってくれる。琴理は賢治を信じ、怒りを封《ふう》じてその時が来るのを待っていた。実際、今回の事件では賢治も頑張っていたから、琴理の期待は高まっていた。だが流石《さすが》にこの一件は許せなかった。妹の親友の命とデートを天秤《てんびん》にかけ、デートを取った男を、どうしても兄と認める事が出来なかった。

「何とかしてくれコウ！」

「何もかもお前のせいだろう！」

もはや賢治の味方は誰《だれ》も居ない。ナルファに賢治と琴理の間を取り持つようお願いする程の味方であった孝太郎でさえも、流石に今の賢治の味方は出来なかった。

あとがき

ご無沙汰しています、作者の健速《たけはや》です。今回は三十九巻をお届けさせて頂きました。緊急事態宣言が解除され（丁度その頃にあとがきを書いています）、街にも徐々に活気が戻って来ています。我々も解除に少しだけ安堵しています。本屋さんに足を運ぶ人の数が増えるのは我々にとってありがたい事です。むしろ逆かな、緊急事態宣言中でも変わらぬ応援を続けて下さった読者の皆さんには本当に感謝しています。その期待に応《こた》えられるように、これからも頑張っていきます。

さて今巻の内容ですが、大まかには灰色の騎士がシグナルティンの状況を調べに来るという物語になります。その分だけ早苗『お姉ちゃん』との絡みも強く、徐々に灰色の騎士の目的や心情が見えてきたのではないでしょうか。それに伴い彼の攻撃は苛烈《かれつ》さを増していき、孝太郎達は苦戦を強いられます。

そんな状況でも輝いていたのがやはり愛と勇気のプリンセス☆魔法少女レインボゥゆり

か。今回は彼女が使っていた酸の魔法についてちょっとお話しようかと思います。

酸は物語の世界ではしばしば悪役や怪物が武器として使ってくる危険な物質です。しかしこの酸というものは、実は武器としての使用にはあまり向いていません。それは酸の反応速度が遅過ぎるからなのです。

例えば映画やなんかではしばしばマフィア等が死体を処分する為に酸を使いますが、一晩漬けておいたぐらいでは死体は溶けて消えたりはしません。これは一番強い酸に反応を早める物質を添加した状態での話です。なので仮に攻撃として酸を浴びても、短時間では何も起こりません。表面が変色してガスが出るぐらいがせいぜいでしょう。今回のように機械が相手の場合、多分そのまましばらく戦闘が続き、酸で溶けたからというよりは液体を浴びた事でショートしたりする方が先になるでしょう。瞬間的に溶解するなどという事は起こらないのです。

これは我々クリエイターにとっては由々しき問題です。やっぱりドラゴンが酸の息を吐いたり、酸の沼を飛び石を使って渡るシーンなどが欲しいですよね。だから我々は酸の反応時間の事を忘れる事にしています。幸いな事にこの作品においては酸を使うのが敵ではなく、味方の魔法使いであるゆりかです。だからこの事は特に問題にはなりません。そもそも何もない空間に平気で火炎を生み出したりするゆりかなので、酸の反応速度が速いぐらいは大した問題ではないでしょう。人間の動きを速める魔法があるなら、酸の反応速度を速める魔法もきっとあると思います。

そしてゆりかはこの巻で遂に、最凶のパートナー・クランを獲得。クランの科学知識と事物を変質させるオレンジ色の光は、ゆりかの強い味方となってくれるでしょう。酸と有機のプリンセス☆化学少女ケミカルゆりかの今後の活躍にご期待下さい。

そうそう、そうでした。私信というか、応援を一つ。本作のアニメ版で早苗役を務めて下さった声優の鈴木《すずき》絵理《えり》さんがYouTubeでゲームの動画配信を始められました。扱っているゲームはデッド○イデイライト。プレーヤーが殺人鬼と生存者に分かれて鬼ごっこをするホラーゲームです。このあとがきを書いている時点で、既に数回配信されています。更には四回目にはゲストでゆりか役の大森日雅《おおもりにちか》さんも登場。私や本作の読者の皆さんには嬉しい内容になっています。この二人が揃った四回目は、懐かしくなって私もちょっとだけコメントを書いたりしています。興味のある方はチャンネルを登録して、応援してあげて下さい。ちなみに大森さんも動画配信をやっているので――――彼女のチャンネルはゲームではありませんが――――こちらも興味がある方はよろしくお願い致します。彼女達は個人

で活動している時に一番応援を必要とします。我々の組織票で強力に応援していきたいと思います（笑）

他に何かあったかな。そうだアレを訊きたかったんだ。この巻ではなく一つ前の三十八巻の店舗特典でナナやエルファリアのショートストーリーを付けたのですが、今更な話ではありますが、あの二人の話は必要とされているのでしょうかね？　あるなら彼女らがメインを張るような巻を作っても良いかななんて思っています。ですが今の時代、なかなか読者の皆さんの声を拾い上げるのって難しくて。情報が多過ぎて、他の多くの声に掻き消されてしまうんですよね。どうしたものかなと困っています。そのうち私のTwitterのアカウント（@Takehaya_info）でアンケートでも取ってみようかな。その時には皆さんにも御協力頂ければ幸いです。

ちなみにですがこの三十九巻の店舗特典はティア・キリハ・ゆりかとなっています。配布先はそれぞれメロンブックスさん・とらのあなさん・BOOK☆WALKERさん（電子版）の三店舗。いつも大変お世話になっております。あれ……ここに書いてももう遅いかな？（笑）

今回のあとがきは四ページから六ページだそうなので、そろそろ終わりにしようかと思います。それでは最後にいつもの御挨拶を。

この巻を製作するにあたりご協力頂いたＨＪ文庫編集部の皆様、クランの制服姿を可愛い感じで仕上げて下さったイラスト担当のポコさん、そして感染症問題の中でも変わらず応援して下さっている世界中の読者の皆様に心より御礼を申し上げます。

それでは四十巻（遂に！）のあとがきで、またお会いしましょう。

二〇二一年　十月

健速

単行本①～⑤巻
好評発売中!
原作／健速
キャラクター原案／ポコ
漫画／有池智実
六畳間の侵略者!?
5
堂々完結!!!

コミック版
漫画:六畳間の侵略者!?
ファイアCROSS
firecross.jpにて配信中!

HJ文庫 https://firecross.jp/
963

六畳間の侵略者!? 39

2021年11月1日　初版発行

著者――健速

発行者―松下大介
発行所―株式会社ホビージャパン

〒151-0053
東京都渋谷区代々木2-15-8
電話　03(5304)7604（編集）
　　　03(5304)9112（営業）

印刷所――大日本印刷株式会社

装丁――渡邊宏一／株式会社エストール

定価はカバーに明記してあります。

Printed in Japan

ISBN978-4-7986-2640-6　C0193

HJ 文庫毎月１日発売！

あの日々をもういちど

著者／健速
イラスト／双

「遥かに仰ぎ麗しの」脚本家が描く、四百年の時を超えた純愛

一体の鬼と、一人の男を包み込んだ封印。それが解けたとき、世界は四百年の歳月を重ねていた……。「遥かに仰ぎ麗しの」などPCゲームを中心に活躍し、心に沁み入るストーリーで多くのファンの心を捉えるシナリオライター健速が、HJ 文庫より小説家デビュー！
計らずも時を越えたの男の苦悩と純愛を、健速節で描き出す！

発行：株式会社ホビージャパン